DU MÊME AUTEUR

Récits

LA CHUTE DE CHEVAL, Gallimard, 1998 (prix Roger Nimier). Folio n° 3335, édition augmentée. La Bibliothèque Gallimard n° 145, présentation et dossier de Geneviève Winter.

BARBARA, CLAIRE DE NUIT, La Martinière, 1999. Folio n° 3653, édition augmentée, Gallimard, 2017, nouvelle édition illustrée.

THÉÂTRE INTIME, Gallimard, 2003 (prix Essai France Télévisions). Folio n° 4028, édition augmentée.

BARTABAS, ROMAN, Gallimard, 2004 (prix Jean Freustié). Folio n° 4371, édition augmentée.

SON EXCELLENCE, MONSIEUR MON AMI, Gallimard, 2008 (prix Prince Pierre de Monaco ; prix Duménil). Folio n° 4944, édition augmentée.

OLIVIER, Gallimard, 2011 (prix Marie Claire). Folio n° 5445, édition augmentée.

Romans

C'ÉTAIT TOUS LES JOURS TEMPÊTE, Gallimard, 2001 (prix Maurice Genevoix). Folio n° 3737.

LES SŒURS DE PRAGUE, Gallimard, 2007. Folio n° 4706.

L'ÉCUYER MIROBOLANT, Gallimard, 2010 (prix Pégase Cadre noir). Folio n° 5319.

BLEUS HORIZONS, Gallimard, 2013 (Grand prix Henri Gal de l'Institut de France ; prix François Mauriac ; prix Jean Carrière ; prix des Romancières). Folio n° 5805.

Essais

POUR JEAN PRÉVOST, Gallimard, 1994 (prix Médicis Essai ; Grand prix de l'Essai de la Société des Gens de Lettres). Folio n° 3257.

LITTÉRATURE VAGABONDE, Flammarion, 1995. Pocket n° 10533, édition augmentée.

PERSPECTIVES CAVALIÈRES, Gallimard, 2003 (prix Pégase de la Fédération française d'équitation). Folio n° 3822.

Suite des œuvres de Jérôme Garcin en fin de volume

LE SYNDROME DE GARCIN

JÉRÔME GARCIN

LE SYNDROME DE GARCIN

récit

nrf

GALLIMARD

à François Garcin,
mon frère péléen

« Garcin (syndrome de) :
Paralysie unilatérale progressive, plus ou moins étendue de nerfs crâniens par envahissement le plus souvent néoplasique de la base du crâne.

RAYMOND GARCIN,
neurologue français (1927). »
Dictionnaire de l'Académie de médecine

« Au commencement étaient l'homme et sa souffrance, en face se trouvaient son semblable et sa compassion. Toute la médecine est partie de là. »

RAYMOND GARCIN,
Leçon inaugurale à la chaire de Pathologie et thérapeutique générales, 1954

Le signe de la main creuse

Sans que je sache si le temps, sa grande affaire, lui avait manqué pour renouer avec son passé, qui dormait désormais à six mille huit cent soixante-quatre kilomètres de chez lui, ou s'il craignait secrètement d'être submergé par l'émotion de retrouvailles tardives, comme on le dit des vendanges, cela faisait plus de quarante ans que mon grand-père n'était pas revenu dans sa volcanique île natale, la Martinique.

Il y avait fait une escale, une première fois, au retour d'un voyage au Brésil, où il avait été invité par l'un de ses élèves, le docteur Meralagno. À l'aéroport de Fort-de-France, il avait été accueilli par son deuxième fils, Claude, qui travaillait dans une banque antillaise, le Crédit martiniquais, et avait épousé une créole de belle lignée, à la peau de pain d'épice. Lors de son bref séjour, il s'était promené dans Fort-de-France, où la route de Didier n'était pas encore devenue la rue du Professeur-Raymond-Garcin, longue d'un kilomètre et demi. Il avait poussé jusqu'à Basse-Pointe dans l'espoir illusoire de retrouver sa maison familiale, qui avait été emportée par la rivière en ébullition après l'éruption de la montagne Pelée, en 1902. Il avait également cherché en vain, face à la préfecture, le lycée Schœlcher, où il avait fait ses études, et qui était devenu une caserne désaffectée. Il n'avait pas demandé à voir le lycée flambant neuf qui avait gardé le nom du célèbre antiesclavagiste et abolitionniste, mais avait été reconstruit, en 1937, à l'emplacement de l'ancienne maison du Gouverneur, sur le domaine de Bellevue. Il était alors reparti pour Paris avec ses regrets et ses secrets, que la pudeur l'empêchait de compter et de confier, fût-ce à ses proches.

La deuxième fois qu'il avait foulé la terre brûlante de son île, au milieu des années cinquante, c'était encore sur le chemin du retour, après un sommet, sorte de jamboree cérébral, ayant réuni, aux États-Unis, des neurologues du monde entier. Chez son fils, il avait reçu la visite d'un de ses anciens condisciples qui, après avoir fait Polytechnique, dirigeait en Martinique une distillerie de rhum. Après l'avoir raccompagné et lui avoir serré la main, mon grand-père s'était tourné vers Claude et lui avait glissé à l'oreille son irréfutable diagnostic : « Grasping reflex. Pas de doute. Mon ami a une tumeur au cerveau. Je vais devoir l'hospitaliser à la Salpêtrière. »

La troisième et dernière fois, il était venu à la Martinique pour y présider un congrès de médecins de langue française – c'était bien avant que l'anglais fût l'idiome officiel des cliniciens. Le jour de l'inauguration, une haie d'honneur s'était formée à son arrivée. Tous les participants, dont beaucoup avaient revêtu la blouse blanche, avaient mis ostentatoirement leurs mains dans le dos, comme s'ils avaient voulu ainsi se prémunir contre « le signe de la main creuse de Garcin ». Car, de son vivant, mon grand-père avait donné son patronyme non seulement à un syndrome, mais aussi à un trouble neurologique permettant de démasquer l'hémiplégie chez un patient qui a les yeux fermés, l'avant-bras à la verticale, les doigts écartés, le pouce en adduction et dont la paume se creuse alors.

À mon tour, je porte un nom de syndrome, celui, terrible et cauchemardesque, qui désigne une paralysie des nerfs crâniens – j'imagine un Pompéi mental, figé après qu'une coulée de roches en fusion et de cendres s'est déversée dans le cerveau. Certes, je n'ai hérité de lui ni sa science ni ses découvertes, mais je prolonge, avec tous les miens, le souvenir vivace que mon grand-père, alias Papi, a laissé dans le monde mystérieux et fascinant de la neurologie, cette discipline qui m'a toujours semblé emprunter à la science-fiction. Et si j'ajoute, au syndrome de Garcin, ceux de mes aïeux Guillain (le Guillain-Barré, le Guillain-Thaon) et Chauffard (le Chauffard-Still, le Chauffard-Minkowski, le Chauffard-Hanot), je bénis parfois le ciel d'avoir été épargné par l'hypocondrie, qui m'eût naturellement enclin à me croire le dépositaire des affections, fixées par les uns et les autres pour l'éternité, ou destiné à fréquenter, à l'hôpital psychiatrique Sainte-Anne, le Pôle neurosciences Raymond-Garcin. Tant de maladies, en plus des séquences d'ADN, pendent aux branches de mon arbre généalogique, croisement de gommier et de tilleul, dont les racines médicales remontent à la France de Louis XV, que je crois le temps venu, pour moi, de comprendre enfin de quoi ce syndrome est le nom.

UNE FAMILLE HIPPOCRATIQUE

1

C'est en Versailles que, l'été, par la petite route qui longeait et surplombait la mer, nous allions à la pointe du Hoc. La Versailles était une version régalienne de la Simca Vedette, dont l'avant ressemblait à une mâchoire de requin et dont l'arrière était prolongé par deux ailerons. Cette grosse voiture noire aux roues bicolores, qui semblait plus l'embarrasser que l'avantager, mon grand-père paternel la conduisait très lentement, jusqu'à la faire hoqueter. À force de freiner, il réussissait même à caler en descendant. Dans les rues de Paris, il l'utilisait le moins possible. Si l'urgence lui commandait de la sortir, il se mettait au volant, mais à contrecœur et avec une inquiétude disproportionnée. Il emmena ainsi ma mère, enceinte d'Olivier et de moi, à la maternité de la rue de Marignan avec une telle prudence et de si longs atermoiements que, malgré les suppliques répétées de sa passagère – « Père, je vous en prie, dépêchez-vous ! » –, elle faillit accoucher en chemin. (En ce temps-là, l'affection était protocolaire ; on donnait du « Père » à son beau-père et du « Mère » à sa belle-mère.)

À Saint-Laurent-sur-Mer, dans le Bessin normand, où la maison de famille, acquise cinq ans après le débarquement allié et baptisée *La Caravelle*, était postée à l'entrée du village, au milieu d'un tournant, le temps était moins compté et la circulation automobile, inexistante. Et pourtant, le professeur Raymond Garcin persistait à se méfier, comme d'un animal carnivore aux réactions imprévisibles, de son imposante et rugissante Versailles. Les dix kilomètres qui, traversant le bocage, séparaient sa propriété de la pointe du Hoc figuraient une expédition à haut risque. Celle-ci exigeait de savants préparatifs. Sans jamais quitter son costume trois-pièces, sa chemise à col dur et sa cravate, qu'il augmentait seulement, pour se protéger du soleil et consentir aux lois de l'été, d'un grand chapeau de paille antillais, il allait chercher le matériel de campagne dans son petit atelier dont une porte donnait sur le verger au cordeau planté de poiriers en espalier et l'autre, sur le garage où se mêlaient les effluves de peinture, d'essence et d'huile de vidange – à la fin du mois d'août, c'est l'odeur âcre de la Traction Avant de ma tante Christiane qui l'emportait sur le parfum volatil de ses paysages marins. Car Papi peignait. Joliment, d'ailleurs, et naïvement. Je l'aidais souvent à transporter dans le coffre son chevalet à trois pieds, son tabouret en bois, ses toiles blanches, ses boîtes de pinceaux en poil de petit-gris ou de martre, sa rectangulaire palette diaprée, et nous partions tous les deux pour Cricqueville-en-Bessin, où il s'installait tranquillement entre un bunker désarmé et un cratère d'obus enherbé, au bord de la célèbre falaise, haute de trente mètres, qu'escaladèrent, le 6 juin 1944, sous la mitraille allemande, les vaillants rangers américains.

C'était un aquarelliste méticuleux qui plaçait Goya au-dessus de tous les peintres et dont la main de diagnostiqueur semblait chercher le secret des choses et entendre battre, par simple effleurement, le cœur de la nature. J'adorais le regarder peindre, avec une lenteur tropicale, des ciels de paix dans ce décor de guerre, des horizons prometteurs dans ces crevasses lunaires, et toujours ajouter, comme s'il voulait la flatter, du bleu outremer à la Manche gris tourterelle. Ainsi, depuis son belvédère venté, il réconfortait les perspectives, élargissait le panorama et adoucissait l'à-pic. J'avais fini par comprendre qu'il représentait moins ce qu'il voyait que ce dont il se souvenait. Avec lui, grâce à lui, les courants caribéens venaient réchauffer, après une longue traversée imaginaire, le sable blond d'Omaha Beach, où il ne mettait jamais les pieds, se contentant d'y envoyer, telle une ambassadrice onusienne en pays hostile, sa femme, Yvonne, ma grand-mère, qui ne savait pas nager et flottait dans une bouée gagnée chez Antar avec des pleins d'essence. Peindre, c'était sa manière de se reposer de la neurologie, vagabonder dans un passé qu'il n'avait plus guère l'occasion de visiter, vivre dans un monde de couleurs fortes et de puissants parfums – celles et ceux du campêche, du gingembre sauvage, du sang-dragon et des roses de son île aux fleurs, de son paradis perdu dont il avait gardé une telle nostalgie qu'il en décrivait souvent l'aromatique éblouissement à ses confrères anémiés de l'Académie de médecine, pour lesquels la Martinique était un pays imaginaire, une utopie, presque une hallucination. Le pinceau à la main, cet adepte du « no sport » au physique churchillien redevenait en effet le petit Marie, Mathieu, Jean, Raymond de Basse-Pointe. Il se peignait en s'abandonnant.

Lettre de ma mère envoyée à mon père, son « Philippe chéri », depuis Saint-Laurent, le 5 août 1958. J'ai deux ans, il est trop tôt pour avoir, de cet été-là, de ces genoux-là, une autre mémoire que celle dont ma mère écrit la relation : « Les jumeaux sont exquis et mènent Papi par le bout du nez. Hier, à la nuit tombante, ils ont manifesté le désir de monter en voiture et Papi a fait des marches arrière savantes pour les emmener faire un tour. Jérôme est collé à la fenêtre de son bureau, sur la pointe des pieds. On le retrouve ensuite installé à dessiner sur les genoux de son grand-père et cela, des heures durant… Ils se pro-

mènent aussi, la main dans la main, comme de vieux amis. Jérôme ne consent à laisser sa proie qu'au prix d'affreuses colères. » Oh, comme j'étais exclusif. Olivier était là, mais il me fallait Papi pour moi seul. Qu'il m'apprenne à dessiner, à rêver, à colorier le monde. Et qu'il me soigne, déjà, du traumatisme que je ne savais pas devoir subir un jour prochain.

2

Pourtant, Papi parlait peu de sa Martinique natale. Son île était comme une de ces imperceptibles musiques de fond qui bercent, après le repas, les siestes estivales. En Normandie, il était normand, réclamait d'odoriférantes tripes à la mode de Caen, raffolait du poisson frais de Port-en-Bessin et des moules à la crème, tartinait son pain bis avec du beurre d'Isigny et prenait du ventre en même temps que ses chats, qu'il adorait et nourrissait trop. Jamais, au menu, de colombo de porc, de crabe farci, d'accras de morue, de boudin créole ou de féroce d'avocat. Jamais de piment, de curcuma, de curry, mais plutôt du doux, du laiteux, du mousseux, de l'onctueux, de l'unguineux. Seule la voix séraphique de sa belle-fille de Fort-de-France, Marie de La Villejégu, comme en exil sous les pommiers et la bruine, lui arrachait un sourire mélancolique lorsqu'elle nous apprenait à chanter en chœur cette si triste mélopée, « Adieu foulard, adieu madras, adieu grain d'or, adieu collier choux, *doudou an mwen ki ka pati, hélas, hélas, cé pou toujou…* » Une seule fois, lors de nos promenades picturales sur la crête côtière, Papi, désignant du doigt la ligne droite où le ciel se confond avec la mer, m'avait dit d'une voix lente : « Tu vois, je viens de tout là-bas. C'était il y a longtemps, et ce fut un très grand voyage. J'espère que tu iras un jour là où je suis né. » Quel âge avais-je ? Dix, onze ans ? Mon grand-père, ce jour-là, fit comprendre au petit Parisien que non seulement il y avait un autre côté de l'Océan, mais aussi qu'il en venait. J'étais ébahi et un peu incrédule.

Moi qui, à mon tour, suis devenu le jeune grand-père d'une petite Lou, la fille de mon fils aîné, qui m'émerveille, m'émeut et me restitue, lorsqu'elle serre sa main dans la mienne pour aller voir les vaches du pré voisin, le bonheur extatique d'avoir été un papa câlin et gâteau – impossible, néanmoins, de me glisser dans la peau de mes propres grands-pères, comme si mon corps se refusait à être déjà l'aïeul que Lou appelle « Popa » et dont elle parlera plus tard comme de l'homme âgé dans les bras duquel elle se pelotonnait –, je suis retourné, en juillet 2016, à Saint-Laurent, en empruntant la petite route bocagère de Formigny qui descend et louvoie vers la grande mer grise et plate sans bateaux. Les nouveaux propriétaires m'ont très gentiment ouvert la porte et offert de visiter la maison, d'inspecter mon enfance et de revoir, comme s'il vivait encore, comme s'il allait m'embrasser sur le perron, mon tendre, voluptueux et passéiste grand-père. Cela me semblait d'autant plus probable que rien, ou presque, n'avait changé ici.

Dans l'entrée, et son sol de carreaux rouges, le grand escalier de bois blond commandait toujours les chambres du premier et unique étage, et il y avait encore, dans le couloir exigu jouxtant la cuisine, cette longue et très étroite table pliante où, les étés de grand plein, on faisait manger, face au mur, la ribambelle de cousines et de cousins, révoltée d'être consignée à l'office et dans un espace si petit. Certes, le bureau de Papi, ce lieu saint et enfumé, qui donnait sur le grand salon, était devenu une salle à manger et son petit atelier d'aquarelliste, un cimetière à vélos qu'on eût dit compressés par César, mais je gage qu'il en aurait gentiment souri. Mamie aurait moins goûté l'éradication de son précieux verger ordonné par un pépiniériste, où les fruitiers poussaient et triomphaient, et que l'herbe a désormais envahi. Dans le champ du haut, autrefois à l'abandon et où menait un escalier en pierre, il m'a seulement manqué d'entendre, sifflante et métronomique, la lame du faucheur en bleu de travail qui venait, chaque semaine, coiffer les graminées et inquiéter les enfants.

Je suis entré ensuite, le cœur battant, dans la petite maison adjacente, bordée d'hortensias, qui était dévolue à mes parents, et puis dans la chambre où nous dormions avec Olivier, avant son accident mortel. Rien n'avait été repeint ni réaménagé et le vieux parquet craquait dans un bruit d'os brisés. Le temps s'était arrêté il y a longtemps et je venais, sans prévenir, le bousculer un jour laiteux de vacances insoucieuses. Je fus alors submergé par une odeur puissante, un mélange de vieux papier, de bois humide, de jouets en plastique, de délicieux moisi et de sel de mer, que la pièce avait conservée, intacte, dans son invisible flacon, depuis cinquante ans, et qui m'était soudain rendue. C'était bouleversant, enivrant, dérangeant. Je respirais mon passé. J'enlaçais mon jumeau. Nous avions devant nous la vie des étés sans fin.

J'ai retrouvé ensuite le chemin de l'église, où l'effrayant tableau bleu et noir du Christ, à qui l'artiste d'autrefois avait donné un air menaçant de djihadiste contemporain, offert par mon grand-père (à moins qu'il n'eût voulu s'en débarrasser) à la paroisse, n'avait pas quitté sa place, au-dessus de l'autel, dardant sa propre croix. Et j'ai marché jusqu'à sa tombe, dans le cimetière, où il repose avec sa femme et leur fille, tragiquement disparue : « Mme Raymond Garcin, née Yvonne Guillain, 1907-1968. M. Raymond Garcin, 1897-1971. Christiane Garcin, 1934-1987. » La semaine précédente – c'était mon été de pèlerinages –, j'étais allé me recueillir, à Bray-sur-Seine, devant la croix blanche étreinte par un rosier sous laquelle sont couchés mon père et mon frère : « Olivier Garcin, 1956-1962. Philippe Garcin, 1928-1973. » Mais, pour moi, ils dorment tous ensemble. D'un sommeil tranquille, celui d'après les grosses tempêtes.

3

Les Garcin ont toujours cherché le soleil. Leur berceau est en altitude, dans le Dauphiné alpin, que beaucoup ont quitté pour s'installer à Marseille, où ils sont aubergistes, rôtisseurs, officiers des douanes. Au début du XIXe siècle, les plus aventureux partent pour la Martinique, que se disputent alors les Anglais et les Français. On trouve la trace, à Saint-Pierre, port de la côte caraïbe et alors plus grande ville des Antilles françaises, de frères Agis-Garcin qui, vers 1850, gèrent une maison de commerce et administrent une sucrerie dominant le quartier du Mouillage. Je descends lointainement d'eux, comme le magma du sommet du volcan, situé à mille quatre cents mètres d'altitude. Étrange héritage, attesté par les papiers, réfuté par l'oublieux et négligent temps qui glisse. La généalogie est une science fondée sur un mystère, de l'Histoire taquinée par le roman. J'ai toujours un peu de mal à croire ce que je sais, à comprendre ce que j'apprends.

Mon grand-père est né le 21 septembre 1897 à Basse-Pointe, une commune située sur la côte atlantique de l'île et un versant de la montagne Pelée où, seize ans plus tard, Aimé Césaire verra le jour. Il est le deuxième, aimait-il à rappeler dans une formule vertueuse qui lui ressemblait, d'« une famille sans fortune, mais riche de huit enfants ». Son père, René Agis-Garcin, né à Saint-Pierre, neuvième d'une fratrie de douze, est le contremaître de la sucrerie de Basse-Pointe. Il passe pour « le grand ingénieur mécanique » de la région, parce qu'il a installé un éclairage électrique avec ramification, monté des glacières, perfectionné le cabestan des monte-charges côtiers ou encore simplifié la tuyauterie des distilleries de rhum. « Il avait, disait de lui mon grand-père, l'âme loyale, le cœur généreux, l'intelligence vive et l'esprit curieux de toutes choses. Que n'eût-il produit, s'il avait pu, comme moi, passer par une grande école ! » Sa mère, la très pieuse Amélie de Fabrique Saint-Tours, née au Diamant, neuvième d'une fratrie de quatorze, appartient à une vieille famille de robe et d'épée. La devise, qui me plaît, des Fabrique : « Toujours droits. » Leurs armes, gravées sur les chevalières que portaient, à la main gauche, mon grand-père et mon père : « un lion de gueules lampassé, posé sur ses pieds de derrière et s'élançant sur champ d'or ; un ovale surmonté d'un casque de face, presque ouvert, ombragé d'un cimier de plumes d'autruche blanches ». Le nom s'est augmenté de Saint-Tours avec Henri de Fabrique, né en Languedoc en 1731, protégé du duc de Richelieu, nommé par Louis XV officier au régiment Royal-Comtois, parti pour les colonies d'Amérique en 1749, attaché à l'état-major de la Martinique et mort à Port-d'Espagne, sur l'île de Trinité, en 1785.

Quelques aïeux hauts en couleur, donc, des titres ronflants, de la particule, du panache, des gonfalons et des gonfanons, mais pas de fortune et très peu d'argent. Mon arrière-grand-père est à la peine, avec ses enfants, qui seront bientôt huit, cinq garçons et trois filles. L'éruption, le 8 mai 1902, de la montagne Pelée ajoute à son désarroi. Précédée par une chaleur caniculaire, une forte odeur de soufre, des nuages jaune cuivre, une pluie de cendres brûlantes, des grondements telluriques, des éclairs de fin du monde, une invasion concomitante de serpents fer-de-lance et de scolopendres venimeux, l'explosion du bouchon du cratère, dont le panache noir s'élève à quatre kilomètres au-dessus du volcan, provoque une nuée ardente qui déferle sur Saint-Pierre à une vitesse folle, détruit en quelques minutes « le petit Paris des Antilles », son art de vivre, sa cathédrale, son théâtre, son hôpital, son tribunal de première instance, son couvent des Ursulines, son jardin des plantes, son tramway hippomobile, ses bureaux de vote (ouverts pour des législatives), enflamme les quarante navires ancrés dans la rade, provoque un tsunami et tue trente mille personnes. Elle brûle, mais épargne l'unique prisonnier de la prison, Louis-Auguste Cyparis, marin et cultivateur noir de vingt-sept ans, protégé par les murs épais du cachot où il purge une peine d'une semaine après une rixe dans un bar ; il sera ensuite engagé par le cirque américain Barnum et présenté de ville en ville comme « le seul objet vivant réchappé de la cité silencieuse de la mort », le seul rescapé des visqueuses et volumineuses coulées de lahars qui avaient dévalé les pentes. Au même moment, des projections de bombes volcaniques accompagnées de cendres épaisses envahissent et détruisent Macouba, Grand'Rivière, Basse-Pointe, que la famille Garcin fuit précipitamment, entassée dans une charrette à bras tirée par un mulet, un bœuf et sa bonne étoile. L'image, évangélique, allait se passer de génération en génération pour fonder la famille.

Pendant trente kilomètres, au milieu d'un convoi de survivants, d'un exode de matelas, d'une procession de désespoirs et d'affolements, les miens longent la côte boueuse, contournent les ruines, les débris végétaux, les champs inondés, traversent, sous un ciel funèbre et toxique, dans la chaleur incandescente d'un printemps apocalyptique, Le Lorrain et Sainte-Marie pour se réfugier, un temps, dans le village de La Trinité, où le petit dernier, André, né deux mois plus tôt, est baptisé à la hâte dans une crèche improvisée. Même un jour de tragédie, Dieu n'attend pas. Il est aussi éruptif que la Pelée et ne dort que d'un œil. L'aimer, c'est le craindre. (Mes deux familles, la paternelle et la maternelle, ont toujours eu en commun le caducée et la croix, le stéthoscope et l'étole, le Vidal et la Bible. Elles ont conjugué les verbes soigner et prier avec une identique ferveur, un sens aigu de la morale, s'appliquant à réconcilier la science des rationalistes et la foi des croyants. Chez nous, l'hôpital ouvrait sur l'église et les progrès de la médecine laissaient une place, la meilleure, au miracle. Le Bien finissait par faire rendre gorge au Mal. C'est ainsi, du moins, que l'on concevait le métier de vivre.)

La petite caravane des Garcin quitte ensuite La Trinité, traverse l'île d'est en ouest, passe de l'océan Atlantique à la mer des Caraïbes, et entre dans Fort-de-France, soudain promue capitale des personnes déplacées et des victimes collatérales de l'éruption. C'est là qu'accoste, le 21 mai, affrété par le président Roosevelt, le croiseur *Dixie*, avec, à son bord, mille deux cents tonnes de vivres et de médicaments, ainsi qu'une escouade de géologues à bésicles de corne venus inspecter la catastrophe, en comprendre la terrifiante et souterraine machinerie.

Dans la Maison Plissonneau et Cie, dévolue au fret maritime, mon arrière-grand-père obtient un emploi de fondé de pouvoir, avec un maigre salaire de trois cents francs par mois. Ses enfants sont habillés avec des vêtements élimés qui passent de l'un à l'autre, chaussés avec des bottines aux semelles en carton, nourris exclusivement de racines du pays, de légumes secs et de poisson frais. Au lycée Schœlcher, où ils vont tous être inscrits, les camarades s'étonnent et se moquent de ces petits békés désargentés aux pantalons bariolés à force d'être rapiécés, dont les seuls privilèges sont la double particule maternelle et la couleur laiteuse de la peau. Aux railleries, ils opposent le travail bien fait. Ils veulent rapporter à la maison des tableaux d'honneur et des prix d'excellence. Ils rêvent déjà d'aller prolonger leurs études en métropole et se sont donné le mot : ils seront médecins. Sur les cinq garçons, quatre choisiront en effet cette voie. L'aîné, Raymond, mon grand-père, mais aussi les cadets, Louis et Georges, qui deviendront chirurgiens-dentistes, enfin le benjamin, Daniel, qui exercera la cardiologie à la Martinique. Étonnante fratrie que rien, sinon leur naissance dans les gravats d'une ville morte, leur prime enfance traumatisée par le désastre volcanique et le spectacle horrifique du Jugement dernier, ne destine à vouloir si fort assister, soulager, espérer, guérir. Il arrive que la médecine soit la fille des désastres.

4

Et comme s'il n'avait pas assez souffert d'avoir vu disparaître, dans son île martyre et une nuée de plomb, des milliers d'innocents, c'est un tremblement de terre qui, à peine a-t-il débarqué en métropole, attend mon grand-père péléen. Après l'ouragan de feu, les orages d'acier. Après l'éruption, la déflagration. Et après la colère du volcan, la haine des hommes.

Raymond a dix-huit ans à peine lorsqu'il découvre Paris, au début de 1915. Ses résultats brillants au lycée Schœlcher lui ont en effet valu d'obtenir haut la main une bourse du Conseil général de la Martinique afin de venir y étudier la médecine. Ses professeurs le destinaient plutôt à Polytechnique, mais l'exemple du médecin de la famille fut déterminant : « Cet homme instruit, prudent, charitable, dont la seule arrivée suffisait à réconforter, me fit comprendre la beauté de ce métier et ouvrir mon âme d'adolescent à tout ce monde de joies affectives que le vrai médecin, par le don renouvelé de soi, devait, ainsi que je me l'imaginais, goûter au soir de sa rude journée. Je me disais aussi qu'il devait bien y avoir quelque satisfaction intellectuelle à résoudre parfois les difficultés du diagnostic. Aucune profession ne me paraissait plus enviable. Elle ne m'a jamais déçu », devait-il raconter quarante ans plus tard, dans une langue aux pleins balzaciens et déliés barrésiens, lors de sa leçon inaugurale à la Faculté de médecine de Paris.

Le bateau sur lequel il embarque à Fort-de-France est chargé, dans ses soutes, de régimes de bananes et, sur le pont, de poilus martiniquais : ce sont des coupeurs de cannes, des muletiers, des maçons, des éboueurs auxquels on a ordonné de défendre, à sept mille kilomètres de chez eux, la « mère patrie », ce trompe-l'œil, cette chimère, cette *terra incognita* dont ils ne savent rien et qu'ils appellent, comme on désignerait une planète inédite, « En l'autre bord » ou « De l'autre côté ». Le paquetage rempli de marmelade de goyave, de farine de manioc et de rhum, ils chantent à tue-tête l'hymne créole pour s'encourager à aller se battre, en vertu de raisons obscures, aux côtés des « Blancs-France ». Ils sont loin d'imaginer que deux mille d'entre eux reviendront, poussés par le courant marin, couchés dans un cercueil de mauvais bois.

À l'arrivée, la grande ville n'a pas, pour mon grand-père, le visage harmonieux que ses rêves insulaires et ses lectures de *La Comédie humaine* lui prêtaient. Les immeubles sont crasseux et les avenues souvent désertes, après le passage des régiments noirs, blancs et jaunes qui marchent en musique, sur du gros pavé, vers la gare de l'Est. Il découvre avec étonnement que, le long des Grands Boulevards, les femmes sont plus nombreuses que les hommes, fors les vieux. En bord de Seine, près du cours la Reine, on expose crânement des trophées de métal : les canons pris aux Boches, et, dérisoire mais rassurante, une mitrailleuse est mise en batterie sur la tour Eiffel. Devant les Invalides, Raymond se mêle aux badauds qui observent le silencieux ballet de jeunes infirmières en blanc poussant des mutilés en uniforme et chaise roulante. Aux carrefours, on creuse de mystérieuses tranchées, qui en évoqueront bientôt d'autres, plus larges et plus glaiseuses, avant la nuit menaçante des Zeppelin. Paris n'est pas la fête qu'il escomptait, c'est l'antichambre sale de la guerre.

À peine mon grand-père s'est-il inscrit à la Faculté de médecine, où une secrétaire s'amuse de ses origines exotiques – « Vous venez donc des îles ? » – réfutées par son physique triste d'étudiant blême, qu'il est envoyé sur le front, en 1916, d'abord comme infirmier, ensuite comme médecin auxiliaire. Il est affecté à une formation d'artillerie lourde, puis à un régiment de Tirailleurs sénégalais. Loin des amphis, c'est sous les tentes de fortune et dans les ambulances de campagne que, chez lui, le métier va entrer. Il pensait s'initier, en métropole, à la beauté d'un art, aux secrets d'une science ; il découvre, lui l'enfant à peine fini d'une île lointaine où règne, disait-il, « le perpétuel été des tropiques », la gigantesque boucherie d'un hiver sans fin. Les hommes qu'il voulait soigner en douceur, il apprend à les réparer dans l'urgence, il observe les chirurgiens les sectionner, les trépaner, les énucléer sans trembler et leur fermer les yeux sans pleurer. La France verdoyante et champêtre des contes et légendes qu'il lisait dans son lit en fer, à la Martinique, avant de s'endormir, lui apparaît soudain comme un immense paysage lunaire où les champs de cendres à perte de vue lui évoquent parfois les flancs funèbres de sa montagne Pelée. Il comprend que la guerre ne détruit pas seulement les corps, elle martyrise aussi les esprits. En retrait de la ligne de front, dans des hôtels et des châteaux transformés en asiles de campagne, la démence s'empare des rescapés, comme si elle ne leur pardonnait pas de s'être soustraits à l'enfer, comme si elle leur reprochait de vouloir vivre encore, comme si elle s'ingéniait à les torturer toujours avec des instruments invisibles. Les poilus hébétés sont pris de tremblements chroniques, foudroyés par d'abominables hallucinations, terrés dans des trous imaginaires, saisis de chorées rythmiques, sujets à des vomissements violents ; ils deviennent aphasiques, mutiques, paralysés, figés dans l'obsessionnel effroi d'une apocalypse perpétuelle. Les âmes brisées sont les sœurs douloureuses et parfois invisibles des gueules cassées. Confrontés à des tragédies qui les dépassent et dont ils ignorent comment y faire face, les psychiatres militaires donnent alors un nom puéril à cette pathologie nouvelle, définie par l'excès de stress et la peur panique : l'obusite.

Sans doute – mais comment m'en assurer aujourd'hui, moi qui marche sur un champ de ruines où l'herbe jeune a repoussé – la vocation de mon grand-père, ce garçon de vingt ans que rien ne prédestinait à la neurologie, est-elle née du traumatisme de la Grande Guerre, du spectacle dantesque de la destruction ajouté à celui, grotesque, de la déraison. Peut-être a-t-il pensé à cet instant qu'il réussirait un jour à ouvrir le cerveau de l'homme, où logent à la fois son génie et sa folie. Il serait le géologue du système nerveux. Il s'introduirait dans la chambre magmatique de l'intelligence. Il étudierait le secret de l'humanité. Un ouragan sous un crâne.

5

Démobilisé, Raymond Garcin reprend le chemin de l'hôpital. Il va être l'externe, puis l'interne, puis le chef de laboratoire, à la Salpêtrière, de Georges Guillain, alors professeur de clinique des maladies du système nerveux et plus tard biographe de Jean-Martin Charcot, dont il a hérité, sans ployer sous le poids du mythe, la chaire de Neurologie. Guillain fascine Garcin, qui plaît à Guillain. Socialement et culturellement, tout les oppose, mais le maître, originaire de la Normandie flaubertienne, croit au destin du jeune Martiniquais et veut y travailler. « Vous m'avez ouvert, lui dira mon grand-père en public, les trésors de votre vie familiale en confondant, en son sein, l'élève et le fils. » Car Guillain lui donne non seulement sa pleine confiance, l'associant bientôt à tous ses travaux, mais aussi la main de sa fille aînée, Yvonne, dont je ne parviens pas, aujourd'hui, à me figurer la jeunesse.

Touchante Yvonne, ma Mamie aux yeux et cheveux bleus, mon émerveillée un peu étourdie, un peu enfantine, qui portait si bien le tailleur gris et le collier de perles, dont l'élégance grand-bourgeoise ajoutait à l'effacement auquel, entre un père et un mari pareillement académiciens de médecine et chercheurs monacaux, elle se croyait obligée. Joyeuse, émotive, gourmande, imprévisible et ludique, elle demandait sans cesse à ses deux derniers fils de la taquiner et trouvait toujours l'occasion de ne pas rester cloîtrée dans leur appartement sombre de la rue de Bourgogne. Afin de coloriser une vie sans passions, sans surprises, sans voyages, mais pleine d'amitiés et de sourires, elle osait d'étonnantes échappées au volant de sa Dauphine, qu'elle conduisait mal, avec le sentiment que son moteur arrière quatre cylindres était l'instrument pétaradant de sa liberté. À Paris, elle m'emmenait presque chaque jeudi au musée de la Marine, situé dans une aile du palais de Chaillot, comme si elle n'imaginait pas qu'on pût aller ailleurs ou comme si elle cherchait, en me montrant les goélettes, les poupes de galères, les tableaux de batailles navales et le canot impérial de Napoléon, à donner un discret argument à son désir de croisières estivales qu'elle ne ferait jamais, à son illusion d'odyssées sans retour. En Normandie, elle nous faisait monter, mon cousin François et moi, dans sa petite Renault pour qu'on aille faire ensemble les courses à Trévières ou revoir à Bayeux, jusqu'à épuisement, jusqu'à l'indifférence, la tapisserie de la reine Mathilde, à nos yeux un vieux tapis effrangé et mal rapiécé – ces virées domestiques et historiques, avec les vaines tentatives de brasse dans la Manche, la divertissaient. Je la vois aussi, à Saint-Laurent, consacrer ses après-midi à entretenir de généreux et insignifiants massifs de marguerites, et, dans le salon de la rue de Bourgogne, ouvrir méthodiquement les grandes boîtes de chocolats que des patients reconnaissants offraient sans cesse à mon grand-père : armée d'un couteau de cuisine, elle creusait, avec une méticulosité de dentellière, de minuscules trous dans le dos de chaque chocolat, les rebouchait si le contenu – liqueur, cerise, pâte d'amande – lui déplaisait, et replaçait délicatement dans sa case, l'air de rien, la bouchée discrètement déflorée. L'exercice médico-gourmand pouvait durer des heures. Elle s'occupait comme elle pouvait, avec l'humour acidulé de la candeur, la tendresse coquine des mamies inconvenantes. Gardienne d'un grand homme, élevée pour le servir, éduquée pour n'avoir pas de regrets, elle ne se préférait jamais et cachait très bien que, parfois, la charge pouvait aussi lui peser. En 1969, à soixante-deux ans, Mamie est morte accidentellement sur une route d'Île-de-France, dans cette Dauphine dorée qui fut à la fois son salut et sa perte. Je me souviens encore du désarroi de Papi, qui allait lui survivre pendant deux années, et soudain n'était rien sans celle qu'il avait si souvent trompée avec son métier, son hôpital, son sacerdoce.

À *La Caravelle*, après le drame, il avait perdu le goût de peindre et, le soir, montait d'un pas lourd dans sa chambre, où il allumait la radio, Europe 1 je crois, dont les voix pétulantes et les chansons qui n'étaient pas son genre palliaient sa solitude inexprimée. Le cérémonial du coucher était toujours précédé d'un rituel qui calmait ses angoisses de grand fumeur de Gauloises sans filtre, et dont j'étais l'auxiliaire : nous devions ensemble, et lentement, inspecter tous les cendriers de la maison pour s'assurer qu'il ne restait pas un mégot mal éteint qui aurait pu provoquer un incendie. Il était hors de question d'emprunter le grand escalier sans avoir effectué cette tournée à laquelle, parfois, saisi par une autre inquiétude, il ajoutait un contrôle manuel et répété de la fermeture des bouteilles de gaz, dans la cuisine. Cet homme qui s'était consacré sans compter à réconforter les malades ignorait obstinément la tranquillité et l'insouciance. Étaient-ce ses gènes péléens qui, toujours, lui faisaient craindre le pire et l'éruptif ? La Gauloise n'aura jamais allumé aucun feu à Saint-Laurent, mais elle aura écourté sa vie et hâté sa disparition, le 26 février 1971. L'année précédente, il avait été prompt à s'autodiagnostiquer : une méchante toux, un épuisement persistant et des douleurs thoraciques avaient aussitôt désigné le mal qui le dévorait. Il rangea alors ses affaires, partit pour l'hôpital, où je lui envoyai des cartes postales affectueuses qui restèrent sans réponses, et revint mourir dans son lit, au 19 de la rue de Bourgogne, côté cour, à l'âge de soixante-quatorze ans.

Lorsque, dissimulant son chagrin et cachant ses larmes, avec son habituelle réserve que rien ne semblait pouvoir entamer, mon père m'annonça qu'il venait de perdre son père, je fus partagé entre la tristesse de savoir que je ne reverrais plus Papi et l'anxiété d'imaginer qu'un jour, moi aussi, au fils que j'aurais sans doute, je devrais apprendre, sans trop m'épancher selon notre tradition, que mon propre père s'était éteint. Pour le garçon de quinze ans que j'étais alors, la mort de Papi préfigurait celle de Papa. Ou plutôt, pour la première fois de ma vie, elle me la faisait envisager. Elle la rendait soudain inéluctable. Je ne pouvais pas savoir que mon trouble était, en vérité, un pressentiment, et que mon père disparaîtrait deux petites années après le sien, qu'à peine il lui survivrait. Désarçonné en pleine jeunesse, en pleine vitesse, Papa ne connaîtrait donc jamais, ainsi que le fredonnait Hugo dans sa barbe blanche, l'art d'être grand-père, auquel j'apprends aujourd'hui à m'exercer : « Nous nous rapetissons dans les petits-enfants. / Et, calmés, nous voyons s'envoler dans les branches / Notre âme sombre avec toutes ces âmes blanches. »

C'est par un livre, *La Chute de cheval*, que, bien longtemps après, j'ai voulu raconter à ma fille et mes deux fils les conditions dans lesquelles avait chu ce grand-père qu'ils n'avaient pas connu. L'écrire m'était plus facile que de le dire. Il est vrai qu'ils n'ont pas davantage connu leur autre grand-père, Gérard Philipe, emporté par la maladie encore plus tôt que Philippe Garcin par son cheval Quinquina.

Même si la gloire posthume du comédien et la rediffusion de ses films pouvaient donner une double illusion d'éternité et de proximité, ces deux absences tutélaires ont-elles manqué à leur enfance, laisseront-elles un vide dans leur mémoire ? Je peine à le mesurer, mais je sais que le destin les a privés de ce privilège, le mien, dont l'âge mûr fait sa force et son miel : avoir aimé et admiré deux grands-pères, grâce auxquels mes parents sont longtemps restés de grands enfants soumis, comme moi autrefois, à l'autorité paternelle et intimidés par elle. Les grands-pères empêchent toujours un peu les parents de vieillir et permettent aux petits-enfants de grandir. L'histoire qu'ils portent, ils la confient à l'avenir, dans l'espoir qu'elle grossira avec le temps, à la manière d'un large et très vieux fleuve africain.

6

En épousant la fille de son patron, cérémonie par laquelle l'exilé antillais entrait dans une fameuse famille normande et le jeune homme pauvre, dans la grande bourgeoisie parisienne – il en adopta si bien les mœurs, les conventions, le devoir de réserve, l'élégance vestimentaire et l'apparente indifférence aux choses de l'argent que certains de ses élèves, souvent les plus démunis, le croyaient né dans la soie des beaux quartiers et ignoraient le secret de sa persistante mélancolie, où se reconnaissent les gens simples et déplacés, toujours un peu étonnés, un peu gênés, un peu inquiets, comme si elle était suspecte ou provisoire, de leur bonne fortune –, Raymond Garcin perpétuait une tradition endogamique qui, du moins pour ma famille paternelle, souvent citée comme un cas d'école et une preuve flagrante du népotisme hospitalier, remonte jusqu'à la Révolution française. Comme si, dans le milieu médical français, le mariage *entre soi* était une étape indispensable à la naissance d'une carrière et favorable à son accomplissement. Comme si, en unissant, génération après génération, les impétrants et les héritières, il s'agissait de toujours préserver la grande chaîne des blouses blanches et d'empêcher les profanes de la briser. Comme si, pour prétendre briller, l'avenir devait nécessairement verser un tribut au passé et lui rendre des comptes. « Vraiment, Messieurs, ne me serait-il pas permis de dire qu'il y a là une sorte d'accaparement de gloire scientifique, d'ailleurs bien légitime ? (*Applaudissements.*) Et m'en voudrez-vous d'avoir arrêté un instant votre attention sur cette magnifique lignée médicale ? » se demandait déjà Léon Labbé, le 5 janvier 1909, en succédant à mon aïeul Jules Bucquoy au fauteuil de président de l'Académie de médecine, sans pouvoir imaginer que trois autres générations de mandarins allaient encore renforcer et développer l'obstiné « accaparement » de mes aïeux.

Cette dynastie du bistouri avait ses rituels et, à Paris, vers où convergent les ambitions, ses lieux de culte ostentatoires. L'église catholique, apostolique et romaine scellait le pacte dans un parfum d'encens et un chœur d'alléluias ; après quoi, l'Académie de médecine, une autre cathédrale, le consacrait sous un crucifix et dans une odeur d'éther. C'est là, rue Bonaparte, dans cette société savante créée en 1820 par Louis XVIII (elle intégra alors l'Académie royale de chirurgie, fondée en 1731), que j'ai trouvé mon arbre généalogique et séculaire, dont l'hospice de la Charité figurerait les racines et la Salpêtrière, la cime vertigineuse. Voici donc le tableau. On dirait, brodée par des femmes appliquées et dévouées, la tapisserie de Bayeux de mon enfance, la *Telle du Conquest* de la médecine.

Mon grand-père, Raymond Garcin (1897-1971), épousa donc Yvonne, la fille du professeur de neurologie Georges Guillain (1876-1961), qui épousa Juliette, la fille du professeur d'histoire de la médecine Anatole Chauffard (1855-1932), qui épousa Jeanne, la fille du professeur et médecin de l'Hôtel-Dieu Jules Bucquoy (1829-1920), qui épousa Maryvonne Louise, la fille du professeur et chirurgien en chef de la Maternité Antoine Constant Danyau (1803-1871), qui épousa Claire, la fille du professeur de pathologie chirurgicale Philibert Joseph Roux (1780-1854), qui épousa enfin Adélaïde, la fille du professeur, chirurgien et baron d'Empire Alexis Boyer (1757-1833). Somme toute, une manière d'histoire de France *par alliance*, tout aussi sanglante que l'officielle, mais vue seulement depuis les hôpitaux où, sans discontinuer, l'on tente d'arrêter les hémorragies et de juguler le temps. En prononçant le vibrant éloge, à l'Académie de médecine, du pathologiste Gabriel Andral, c'est sans doute à sa propre lignée que, en 1823, pensait Émile Chauffard, le père de mon arrière-grand-père. Il ignorait qu'elle se prolongerait jusqu'à la fin du XXe siècle : « Vous appartenez, Monsieur, à une de ces vieilles familles presque dignes d'être appelées hippocratiques, où l'honneur professionnel et l'amour de la science et de l'art se transmettent de père en fils comme une noblesse héréditaire. » Ah, la noblesse héréditaire...

Dans *Le Monde des médecins au XXe siècle* (Éditions Complexe, 1996), l'historienne Bénédicte Vergez note que « si, en 1935, 28 % des gendres des membres de l'Académie de médecine appartenaient à l'élite médicale, ce n'était le cas que de 16 % des fils d'académiciens. La raison en est simple, ajoute-t-elle : si l'on ne choisit pas son fils, on choisit son gendre. Lorsqu'une fille de patron a l'occasion de rencontrer un futur médecin, il a souvent franchi les premiers degrés de la sélection hospitalière. Les chefs de service reçoivent leurs internes chez eux, parfois pour des dîners, aussi pour la préparation d'articles ou d'ouvrages ; les chirurgiens emmènent les leurs pour opérer "en ville" ou dans leurs cliniques. En dehors de l'hôpital, les contacts sont possibles et, donc, les rencontres. Mais le phénomène le plus intéressant est sans nul doute la répétition du procédé de génération en génération, qui conduit à la création de véritables "dynasties de gendres". Le record absolu, à la génération de l'entre-deux-guerres, semble être détenu par le futur professeur et académicien Raymond Garcin, qui est le sixième d'une série ininterrompue de gendres professeurs et académiciens, dont le premier était né en 1757 ». Bénédicte Vergez cite à ce propos le texte éloquent du serment d'Hippocrate : « Respectueux et reconnaissant envers mes maîtres, je rendrai à leurs enfants l'instruction que j'ai reçue de leurs pères... » En fait de népotisme, n'était-ce pas plutôt de la haute morale ?

7

Mais qui sont-ils donc pour moi, ces ancêtres, pareils à des étrangers, ou à des portraits d'inconnus hiératiques remisés au grenier, dont je ne sais presque rien, mais à qui le sang, suivant un cours ondulé et tourmenté, me relierait secrètement ? Ils me paraissent si lointains, si fantomatiques, si pleins de poussière et de mousse séchée que je m'étonne toujours de descendre d'eux comme l'écureuil s'amuse à sauter du vieux chêne sur les branches duquel il a rampé sans se poser de questions inutiles. À peine ai-je le sentiment qu'ils m'ont précédé. Disons plutôt que je leur succède avec stupéfaction. L'émotion d'appartenir aux miens, de leur devoir d'être celui que je suis, d'éprouver de la gratitude pour ces aïeux qui m'obligent, s'évapore très précisément à la frontière du souvenir visuel, tactile, olfactif, auditif que j'ai d'eux. « L'Avant Mémoire », ainsi que la définit l'écrivain et neuropsychiatre Jean Delay, est en effet un territoire où n'entrent ni les affects ni même les certitudes, et que je visite tel un conservatoire dont les vieilleries m'intriguent, m'étonnent, voire me passionnent, mais ne me touchent guère. Disons que je passais par là, c'était allumé, je suis entré.

Dans la préface qu'il a écrite à sa propre recherche généalogique, le pionnier de la psychopharmacologie, et auteur de *La Jeunesse d'André Gide*, cite Charles Péguy pour qui « la mémoire d'une génération s'arrête au mur des quatre, formé par les grands-parents. Au-delà commence un savoir plus ou moins incertain, plus ou moins lacunaire. En dehors des traditions orales, poursuit Jean Delay, il se conserve sur des fibres d'une texture moins périssable que celles de notre tissu nerveux, sans être pour autant à l'abri des moisissures végétales, des hommes incendiaires et des animaux rongeurs. L'avant mémoire est en papier ».

Mes quatre grands-parents Garcin et Launay sont morts, mais ils vivent encore dans les lieux où je les ai aimés, dans la nuit où je les convoque, dans les hôpitaux et les bibliothèques où leur nom et leurs œuvres semblent défier le temps. Ils ont un visage, un regard, une voix, un parfum, une éthique, une lumière que je n'oublie pas. Le mur des quatre est solide sur ses fondations. Il enserre, il protège, il rassure. Juste avant, c'est une sorte de musée Grévin où j'entraperçois, avec des yeux d'enfant insoucieux, les profils cireux de deux de mes arrière-grands-pères, les docteurs Georges Guillain et Paul Launay. Et plus loin dans le temps, bien au-delà du mur des quatre, c'est une campagne d'hiver à perte de vue, où marchent des ombres froides dans le soleil couchant d'un peintre sans patrie. Je distingue à peine leurs visages : quelques photos, gravures, médaillons et bustes marbrés m'aident à me les représenter. Ils portent de longues moustaches ou des barbes, des cravates ou des lavallières, des redingotes, des gilets, des manches de lustrine, des décorations, des rubans et des plaques étoilées, mais ils sont si fiers de leur réussite, si satisfaits devant l'inconnu chargé de les immortaliser, car plus on remonte dans le temps, plus la pose est avantageuse, qu'on ne saurait en faire des figures familières, humaines. De maigres notices biographiques – le plus souvent une litanie de titres honorifiques, de travaux énigmatiques et de maladies d'un autre temps qu'ils ont, les premiers, diagnostiquées et désignées – leur donnent une vie. Pas une vie intime dans laquelle je pourrais imaginer me retrouver, mais une vie publique, où je n'ai pas ma place. Et pourtant, j'ai besoin, aujourd'hui, de marcher dans les allées de ce cimetière ; de croire, toujours avec Jean Delay, que « chaque monographie familiale apporte sa contribution particulière à la connaissance du passé », en l'occurrence celui de la médecine française.

8

Premier de cordée, Alexis Boyer, natif d'Uzerche, fils d'un tailleur et d'une mercière, ignorait encore le protocole que sa fille allait inaugurer puisqu'il épousa Gabrielle-Adélaïde Tripot, la fille d'une blanchisseuse qui le soigna d'une fièvre typhoïde avec un simple bouillon de légumes. Il est vrai qu'il était loin d'imaginer être un jour médecin. Petit clerc chez un notaire et puis assistant d'un barbier, où l'on allait « se faire ouvrir la veine ou se faire faire le poil », parfois les deux ensemble, il vint pour la première fois à Paris, en 1773, en blouse et en sabots, afin d'aider un cousin à conduire ses bœufs limousins sur les marchés, où l'on aimait la viande qui avait bien voyagé et sentait les paysages de France. Il retrouva la capitale l'année suivante pour y poursuivre, croyait-il, son emploi de figaro. Mais la fréquentation, à ses heures perdues et à l'hôpital de la Charité, des salles d'anatomie et de dissection, où il passait parfois la tête aux cours magistraux du chirurgien Pierre-Joseph Desault, lui valut de devenir « préparateur des préparations ». Il remporta ensuite, à un concours, la place enviable de « gagnant-maîtrise », apprit chez un abbé l'indispensable latin – *Mens sana in corpore sano* –, obtint son diplôme de maître en chirurgie, et rédigea un mémoire sur « la meilleure forme des aiguilles propres à la réunion des plaies et à la ligature des vaisseaux, et la manière de s'en servir dans le cas où leur usage est indispensable ». Après quoi, étourdi par sa propre audace, il entra, à trente-cinq ans, dans la carrière.

Médecin en second de l'Hôtel-Dieu, qu'on surnommait « le Grand Hospice de l'humanité », titulaire de la chaire de Clinique chirurgicale et chirurgien en chef de la Charité, il dut moins sa notoriété à ses compétences (à l'exception, dit-on, de la description des affections urologiques, de l'étude du kyste sous-hyoïdien, de la rationalisation du traitement de la fistule de l'anus et des rétrécissements de l'urètre) qu'au prestige de ses patients. Lui qui avait participé, avec enthousiasme, à la prise de la Bastille avec les élèves du Collège de médecine fut en effet le premier chirurgien de Napoléon Ier, qu'il accompagna en 1806 et 1807 lors des campagnes de Prusse et de Pologne, où il récolta la Légion d'honneur, une baronnie et une belle dotation de vingt-cinq mille francs sur les provinces conquises. Le goût de soigner et des honneurs l'inclina ensuite à poursuivre, sous les ors des Tuileries, l'exercice de la médecine. C'est à l'ancien garçon barbier d'Uzerche, qui suppléait l'absence de génie par une main opératoire sûre et le diagnostic incertain par un aplomb notable (ainsi prit-il un jour un banal rhume de l'Empereur pour le symptôme irréfutable de « la chaude-pisse »), que Louis XVIII, Charles X et Louis-Philippe confièrent en même temps leur corps royal et leur petite santé.

L'Académie de médecine a conservé, écrite de sa main, une consultation chirurgicale du baron Boyer datée du 9 thermidor an X (soit en juillet 1802), qui donne bien la mesure de l'anatomie de l'époque : « Les fistules de M. XX n'ont aucune communication avec le rectum. Leur fond se perd dans le tissu cellulaire à une distance considérable de cet intestin. Celui de la fistule du côté gauche s'étend à une telle profondeur qu'il serait impossible de la mettre à découvert par les incisions. Comme les fistules dépendent uniquement de la callosité de leurs parois et de l'étroitesse de leur orifice, on peut espérer les guérir par les moyens suivans... » Et mon aïeul de préconiser l'emploi de la racine de gentiane, des injections de pierre à cautère dissoute dans de l'eau, des décoctions de feuilles de noyer et des bains d'eaux thermales sulfureuses. En conclusion, « si l'on parvient à obtenir la guérison des fistules, il conviendra d'ouvrir un cautère au bras ou à la cuisse ». On voit que la médecine d'alors tenait à la fois de la phytothérapie, de la lithothérapie, de l'hirudothérapie et de la charcuterie.

« Le père Boyer » aimait, dit-on, les chevaux, la bière et fumer la pipe. Il ne manquait pas une occasion d'aller applaudir au Théâtre-Français son camarade Talma, avec lequel il avait autrefois suivi des cours d'anatomie, et se reposait le plus souvent dans sa maison de campagne, sise à Vincennes. Il signait de savants traités de « maladies chirurgicales », qui étaient rédigés en partie par ses élèves et dont il signait les préfaces, l'une d'entre elles commençant par cette phrase aussi définitive que pittoresque : « Cultivée dans presque tous les temps avec plus ou moins de succès, la chirurgie a atteint de nos jours les plus grands progrès, et semble avoir atteint, ou peu s'en faut, le plus haut degré de perfection dont elle paraisse susceptible. » Il lisait chaque soir, pour gagner en sagesse, un chapitre de Sénèque, lequel lui enseigna de se hâter de bien vivre et de songer « que chaque jour est à lui seul une vie ». Lorsque, le 16 novembre 1833, après avoir donné sa leçon à la Charité, il éprouva un malaise, il demanda qu'on lui appliquât aussitôt quatre-vingt-dix sangsues à l'anus. C'était beaucoup pour un seul trou. Neuf jours plus tard, il était mort. Il avait soixante-treize ans. On l'enterra au cimetière Montparnasse, appelé alors Mont-Parnasse, avec, sur lui, le précieux écu qu'il avait conservé depuis ses seize ans, lorsqu'il avait quitté Uzerche pour aller raser les barbes des Parisiens et qu'il marchait derrière des bœufs en faisant sonner, dans la poche de sa blouse de paysan, toute sa fortune : soixante-douze francs.

Il laissait l'image bonhomme d'un médecin casanier qui se méfiait des voyages, des imprévus et de la nouveauté. La première fois qu'il assista à une expérience de lithotritie visant à désintégrer des calculs, qu'on appelait encore le mal de pierre, il lança au chirurgien, d'un ton goguenard : « Monsieur, je vois bien la queue de la poêle, mais je ne vois pas ce que vous faites frire ! » Le plus drôle est qu'il donna la main d'une de ses filles au baron et docteur Roux, chirurgien en second de la Charité, qui était son exact contraire. Alors que l'autodidacte Boyer se réclamait du bon sens (il allait jusqu'à prétendre doctement que si les fractures sont beaucoup plus nombreuses l'hiver que l'été, c'est que, dans le froid, « les corps sur lesquels on tombe sont plus durs »), le jeune Philibert Joseph Roux, auteur d'une thèse innovante sur les résections, cherchait sans relâche à révolutionner son art. Une telle ferveur et une telle impatience ennuyaient le beau-père, qui haussait les épaules, boudait ostentatoirement son gendre et pestait : « Les résections, que dire là-dessus ? Il n'y a rien, absolument rien ! »

Ainsi mon aïeul, né deux siècles avant moi, a-t-il, sans le savoir ni le vouloir, fondé une longue dynastie médicale sur un désaccord clinique doublé d'une mésentente familiale et douté, par empirisme, par traditionalisme, et parce qu'ils eussent sans doute dérangé son confort, des progrès de la science dont ses descendants en blouse blanche allaient être en même temps les partisans et les artisans.

9

Alexis Boyer, qui avait « quelque chose de prosaïque, de railleur, de profondément sensé », selon Frédéric Dubois, le secrétaire perpétuel de l'Académie impériale de médecine, ne fit donc jamais rien pour encourager son gendre, qui avait au contraire « quelque chose de vaillant, de généreux et de chevaleresque », dans la voie de la recherche et de l'originalité. Philibert Joseph Roux, sûr de son avenir, n'en fut guère affecté. Il paraît même qu'il en souriait. Car il ne se reconnaissait que deux pères, l'un vieux, l'autre jeune. Le biologique s'appelait Jacques Roux, et il était le chirurgien de l'École militaire d'Auxerre, où son fils découvrit le métier à seulement quatorze ans. Et le spirituel s'appelait Marie François Xavier Bichat, qui fut son professeur, son pygmalion, son ami, et dont il allait être le successeur. C'est Roux qui, après la mort prématurée de Bichat, à l'âge de trente ans, en 1802, rédigea en effet les derniers volumes de l'*Anatomie descriptive* que son jeune maître, plus âgé d'à peine neuf ans, n'avait pas eu le temps de mener à son terme. Et il prolongea, avec un même succès, les cours de médecine opératoire que donnait, devant des amphithéâtres combles, le plus célèbre détrousseur de cimetières et disséqueur de cadavres – six cents furent en effet nécessaires à Bichat pour seulement envisager son *Anatomie descriptive*.

Chirurgien à Beaujon, à la Charité, où il devint, dans la même année 1810, l'adjoint dissonant et le gendre respectueux de Boyer, puis à la Pitié et à l'Hôtel-Dieu, Philibert Joseph Roux se morfondait à reproduire les gestes de ses prédécesseurs : il voulait sans cesse défricher, inventer, oser. Et dans tous les domaines. Dans l'éloge qu'il prononça, en 1857, à l'Académie de médecine, Frédéric Dubois raconte qu'une jeune fille de vingt et un ans était venue réclamer les soins du bon docteur Roux. Le passage mérite d'être cité en entier, y compris pour des raisons littéraires : « Elle avait au côté gauche de la face une large et hideuse ouverture qui venait se confondre avec la bouche ; on voyait à nu des portions osseuses, et comme, de ce côté, la mâchoire était privée de dents, la langue, mal contenue, faisait saillie hors de la bouche et ajoutait à cette difformité. Il ne fallut pas moins d'une année pour réparer cet affreux désordre, et sept fois on dut recourir à de nouvelles opérations. C'était la malade qui, à chaque fois, suppliait M. Roux de se remettre à tailler d'autres lambeaux dans les parties voisines. Douée d'un courage surhumain, d'un courage de femme ! cette pauvre malade, loin d'hésiter, se montrait, à chaque nouvelle tentative, plus résolue et plus résignée ; après cinq opérations, cependant, elle se trouvait à peu près comme au premier jour. Et ici, on ne sait plus ce qu'on doit le plus admirer, ou de l'inébranlable fermeté de la patiente, ou de l'ingénieuse persévérance de l'opérateur. Enfin, celui-ci fut bien assez inspiré pour imaginer un procédé qui lui permit tout à la fois de refaire une portion de la joue et du nez ; les lambeaux cette fois demeurèrent en place : le plus difficile était fait, la septième opération n'eut d'autre but que de rattacher une partie de la lèvre supérieure au bord de la joue reconstituée. La pauvre fille fut enfin payée de sa constance et de ses peines ; quelques cicatrices sillonnaient encore sa joue, mais elle pouvait du moins rentrer dans la société et ne plus y être un objet de dégoût et d'horreur : ceci lui suffisait. Et je dirai que, arrivée à ce point, elle montra plus de sagesse et de raison que son opérateur. Celui-ci, qui ne voyait dans tout cela qu'un véritable travail d'art, aurait voulu atteindre à un plus haut degré de perfection ; il soutenait qu'en pratiquant du côté gauche une nouvelle incision, il pourrait donner plus de régularité et de symétrie à la bouche. "J'avais le désir, a-t-il écrit depuis, de compléter l'œuvre qui m'avait occupé si longtemps. La malade s'y refusa. Elle avait voulu, disait-elle, ne plus être un objet de pitié, elle ne céderait pas à un mouvement de coquetterie". »

Philibert Joseph Roux fut aussi l'un des premiers à opérer aussi bien la cataracte que la fente palatine, à traiter les anévrismes artériels par des ligatures à distance et à suturer le voile du palais naturellement ou accidentellement divisé – il publia un mémoire précurseur sur la staphylorraphie. Spécialiste de la lithiase vésicale, il soutint, afin de pouvoir désintégrer les calculs, la recherche sur la lithotritie, plaida pour la ténotomie et, seul contre presque tous, pour l'anesthésie chirurgicale. On lui doit aussi un nouveau procédé pour la résection des os du coude. Ses découvertes lui valurent d'ailleurs de nombreuses inimitiés. Roux, cet aventurier de la lancette, dérangeait : « On eût dit, ajoutait le perpétuel de l'Académie, qu'une fée jalouse s'était plu à gâter en lui les plus beaux dons du monde, en les lui prodiguant sans mesure et sans discernement. » Il avait l'audace, il lui manquait la sagesse. On lui reprochait sa technique intempestive, voire ses interventions périlleuses et saignantes, d'avoir abusé de ce en quoi il excellait et poussé la hardiesse jusqu'aux confins de la folie. « Que de fois ne l'a-t-on pas vu, racontait un de ses confrères partagé entre l'admiration et la réprobation, se livrant au hasard de son inspiration, menant une opération comme un discours, sans savoir précisément où il s'arrêterait, ni comment il finirait. » Ce qui ne l'empêcha pas d'entrer à l'Académie de médecine et à l'Académie des sciences, et ensuite de présider aux deux. Il mourut à Paris, le 24 mars 1854, d'une congestion cérébrale, à soixante-quatorze ans, laissant à la postérité quelques ouvrages, dont des *Mélanges de chirurgie*, un *Traité de médecine opératoire*, un *Voyage à Londres*, où il compare, comme il l'eût fait pour deux gastronomies, les chirurgies anglaise et française, ainsi que des Mémoires, intitulés *Quarante ans de pratique chirurgicale* et rédigés, manière de donner du style à ses souvenirs, sous la forme épistolaire.

10

Comme c'est étrange. Philibert Joseph Roux avait donc neuf ans sous la Révolution, et il est mort sous le Second Empire. Mais de cette grande Histoire, celle de mes aïeux porte à peine la trace. La médecine paraît traverser, imperturbable, les époques cardinales où la France retouche, rectifie et réinvente son destin ; elle s'inscrit dans un temps parallèle. On dirait qu'elle boude le calendrier national. Et qu'elle s'ingénie, empruntant des couloirs souterrains et humides, à être insaisissable. Je ne peux, pour portraiturer ces lointains mandarins, dont je tiens par une mystérieuse loi génétique, ni en appeler à Clio ni invoquer des sentiments qui n'existent pas. Plus je progresse vers eux, plus je m'en éloigne.

Essayons plutôt de persévérer dans cette entreprise chimérique. Antoine Constant Danyau, à qui Philibert Joseph Roux donna la main de sa fille

Claire, n'a pas laissé une trace inoubliable. Fils d'un grand accoucheur, lui-même accoucheur, succédant au fauteuil de son père à l'Académie de médecine, il pratiqua son métier à la Maternité puis à l'Hôtel-Dieu, professa la chirurgie à la Faculté et enseigna aux sages-femmes. Sa thèse de doctorat portait sur « la métrite gangreneuse », mais aussi sur « l'état sain et l'état pathologique de l'utérus et de ses annexes après l'accouchement », et sa thèse de doctorat, sur « les abcès à la marge de l'anus ». Spéléologue de l'entrecuisse, défricheur des toisons alors forestières, arpenteur des clitoris, il était le spécialiste incontesté des cloisonnements transversaux du vagin et des principaux vices de conformation du bassin de la femme. Celui de la sienne, qui n'était pas jalouse, devait être harmonieux et fonctionnel. Car elle lui donna une fille, Maryvonne Louise, qu'il maria vite au docteur Jules Marie Edme Bucquoy avant de divorcer et d'épouser, en secondes noces, Virginie Desplanques. On voit par là qu'il s'en fallut de peu que la lignée exemplaire fondée par le baron Boyer ne fût rompue. Si cela avait été, je ne serais pas là pour essayer, aujourd'hui, d'en dessiner, au point de croix, la singulière généalogie et tenter d'en entendre, avec un pauvre stéthoscope, battre le cœur lointain. Il est mort à Paris, d'une angine de poitrine, le 19 février 1871, à soixante-sept ans.

Jules Marie Edme Bucquoy était né à Péronne, le

14 août 1829. Il aurait fait un beau centenaire n'était l'autobus qui, l'été de 1920, le renversa place de la Trinité, dans le neuvième arrondissement de Paris où il habitait, que j'habite. Épidémiologiste comme son père, il exerça à l'Hôtel-Dieu, à Saint-Antoine et à Cochin, fut décoré par Napoléon III pour services rendus pendant la prolifération, en France, du choléra, entre 1854 et 1855. Membre de l'Académie de médecine, section de pathologie médicale, il fit sa thèse de doctorat sur le purpura, et plus particulièrement la maladie de Werlhof, et sa thèse d'agrégation sur les concrétions sanguines, étudia l'ulcère simple du duodénum et introduisit le strophantus comme médicament cardiaque. On lui doit aussi, en 1898, un rapport, dont l'intitulé aurait pu inspirer le Claudel de *L'Annonce faite à Marie* ou le Montherlant de *Port-Royal*, sur « les précautions à prendre pour empêcher et combattre la propagation de la tuberculose dans les communautés religieuses et les écoles congréganistes », où même Dieu est donc impuissant. À l'heure de la retraite, il se consacra « à l'œuvre des sanatoria maritimes ». Il fut enterré le 3 juillet 1920, au milieu d'un grand concours de collègues et d'amis, mais, à sa demande, il n'y eut ni délégation officielle de l'Académie ni discours. Mourir, soit, mais en bonne compagnie et sans flonflons.

11

En 1912, huit ans avant l'accident de la circulation où il allait perdre la vie, Jules Marie Edme Bucquoy eut le bonheur et la fierté de donner le bras à sa fille, Jeanne, pour la conduire, traversant à pas lents une église remplie de médecins, de femmes de médecins, d'enfants de médecins, de fœtus de médecins, jusqu'à l'autel où l'attendait son futur époux, Marie Émile Anatole Chauffard, jeune interne de vingt-huit ans originaire d'Avignon, à qui la Faculté avait déjà décerné des médailles d'or et d'argent. Pour Anatole, le vieux Bucquoy était comme un second père. Car le sien, il l'avait perdu quatre ans plus tôt. Le sien ? Marie Paul Émile Chauffard, encore un académicien de médecine, professeur de pathologie et thérapeutique générales, lui-même fils du médecin en chef des hôpitaux et prisons d'Avignon, par ailleurs maire de la cité des papes. (On comprendra que je veuille en rester ici au tronc principal de l'arbre ; si je devais décrire les branches médicales multiples que chaque génération a vu pousser, un livre n'y suffirait pas.)

Comme son père, Anatole Chauffard, qui fut chef de service à Sainte-Périne, Broussais, Laennec, Cochin, Saint-Antoine et Necker, enseigna la pathologie et thérapeutique générales, mais aussi l'histoire de la médecine et de la chirurgie au moment où, grâce aux expériences et découvertes de Louis

Pasteur, Jean-Antoine Villemin ou Claude Bernard, s'ouvrait le chapitre de la clinique moderne. « Partout fleurit ainsi l'invention médicale, s'exclama-t-il, le 19 mars 1909, dans sa Leçon d'ouverture à la Faculté de médecine. L'heure est proche où des progrès encore plus décisifs vont se faire par l'avènement de sciences nouvelles, l'anatomie générale, la physiologie et la médecine expérimentales, la bactériologie, la chimie biologique. C'est l'ère moderne qui commence, et, dès lors, la chaîne des découvertes médicales ne connaît plus d'interruption. » Lui-même spécialiste des maladies du foie, il diagnostiqua et décrivit, le premier, la cirrhose hypertrophique pigmentaire du diabète sucré, édifia une méthode d'analyse des affections hépatiques, étudia les kystes hydatiques, fit venir des Indes anglaises, par bateau, le chlorhydrate d'hématine afin de traiter les abcès amibiens du foie, alla jusqu'à Moscou, lors du congrès international de 1897, exposer les différentes formes cloniques des cirrhoses, et entama des recherches, jugées alors révolutionnaires, sur les ictères hémolytiques, qu'il isola et identifia. C'était un homme de science et de cœur, qui avait aussi des lettres.

Dans les années 1890, un alcoolique, perclus de douleurs, claudiquant, vomissant, époumoné et attifé comme un clochard, vint souvent chercher refuge à Broussais, chez le docteur Chauffard, qu'il aimait d'une affection d'esseulé et qui le restaurait

avec autant de soin et de respect que s'il avait r
lité une précieuse ruine. Ce pauvre homme d'à ,
cinquante ans, usé par la prison et terrassé par des démons intérieurs, était déjà un vieillard. Il souffrait d'ulcères, de diabète, de syphilis, de vérole, de souffle au cœur et surtout de lui-même. Il se présentait à l'hôpital « comme à l'hôtel », racontait mon arrière-arrière-grand-père, qui lui donnait toujours la même chambre, le même lit, près d'une fenêtre par où entrait, conquérant et miséricordieux, le soleil de midi. Lorsque, escorté par un bataillon d'internes, d'externes et de stagiaires, le patron, spécialiste mondial du foie et des voies biliaires, arrivait devant la porte du malheureux, il lançait à voix haute : « Voici un grand malade, un très grand malade, et un grand poète, le plus grand poète catholique du siècle ! »

C'était Paul Verlaine, sur qui, à en croire Remy de Gourmont, Anatole Chauffard veillait comme « sur un ami dont il était très fier ». Il n'avait pas eu de mal à diagnostiquer, chez l'auteur de *Jadis et Naguère*, une cirrhose hyperbolique, une hydarthrose paralysante au genou gauche, et d'autres maux encore, qu'il savait irrémédiables. Il avait donc perdu l'illusion de le sauver ; il ne travaillait qu'à apaiser les souffrances du poète miséreux et grabataire. Il lui offrait le gîte, le vivre, du lait coupé d'eau de Vichy et surtout du répit. Il l'autorisait à recevoir, à son chevet, ses amis Anatole France, Maurice Barrès, Joris-Karl Huysmans, d'autres habitués encore venus du

Procope et du Voltaire, et même à sortir, dans la journée, pour rejoindre ses chers bistros. Là, le malade s'arsouillait à l'absinthe, sa fée verte qui le rendait fou et précipitait aussitôt son retour chez Chauffard, lequel n'avait pas le cœur de le morigéner et lui ouvrait les bras avec un sourire indulgent, paternel. À Broussais, le « gai pochard » se sentait mieux, ou plutôt moins mal. Il y avait ses habitudes et, lorsqu'il divaguait, ses derniers repères. « Je suis l'enfant gâté de la boîte », confiait-il à Carton de Wiart. Et à Remy de Gourmont : « Je commence à croire que les poètes ont bel et bien été créés et mis au monde pour habiter l'hôpital. Ils s'y trouvent à merveille et manqueraient à tout le monde s'ils n'y étaient pas. »

Le poète de *Romances sans paroles* et des *Fêtes galantes*, que j'ai tant aimé à l'adolescence sans savoir que mon aïeul avait été son bon médecin, qu'il l'avait libéré de ses fureurs et encouragé à la ferveur, ne mourut pas à Broussais, mais chez lui, au 39 rue Descartes, le 8 janvier 1896, d'une congestion pulmonaire. La veille, le docteur Chauffard fut appelé à l'aide. Pour ne pas repartir sans avoir rien tenté, il ordonna des sinapismes, c'est-à-dire des cataplasmes à base de farine de moutarde, dans l'espoir de dégager ses bronches encrassées et de « réveiller cet organisme abattu ». Mais ce fut en vain. Le corps, épuisé, avait abdiqué sans même avoir eu le goût de se révolter.

Verlaine, qui se considérait à la fin comme un « alité à perpétuité », appelait l'hôpital Broussais son « château d'hiver ». Il est vrai que, dans le rôle du châtelain, Anatole Chauffard était parfait. Ses internes et aussi ses malades trouvaient une élégance folle à ce « seigneur » en redingote grise qui fumait des cigarettes en faisant de la bicyclette, mettait des gants blancs pour aller se promener le dimanche au bois de Boulogne, boutait le chevreuil dans sa propriété de Sologne, collectionnait les tableaux de maîtres italiens et français du XVIIIe siècle dans son appartement de la rue de Bellechasse, et eut le bon goût d'exiger qu'aucun discours ne fût prononcé à ses obsèques. Elles eurent lieu en novembre 1932, à Paris, et furent suivies par autant de notables que de cirrhoses en rémission auxquelles, dans un café proche du cimetière, on offrit du vin chaud à la cannelle et à volonté.

Le professeur Chauffard laissait des porcelaines, des tapis anciens, une automobile, une œuvre de pathologie hépatique, deux syndromes à son nom, et un fauteuil vacant à l'Académie de médecine, où il siégeait depuis douze ans avec son gendre, Georges Guillain, qui avait épousé sa fille, Juliette, et illuminé ses vieux jours : l'avenir de la famille et de sa vocation était assuré, il pouvait désormais dormir tranquille.

12

J'avais cinq ans et encore mon frère jumeau lorsque, le 29 juin 1961, mon arrière-grand-père est mort, à quatre-vingt-cinq ans, le jour où mon oncle, Claude Garcin, arrivait par avion de la Martinique et se préparait à aller chercher au Havre sa femme et leurs trois enfants, tous éclatants de soleil, venus sur le paquebot *Antilles* pour passer l'été à Saint-Laurent-sur-Mer, sous un climat qui leur paraîtrait boréal. On m'assure que je l'ai vu, que nous l'avons vu, Olivier et moi, dans son appartement du 215 bis boulevard Saint-Germain, mais je ne m'en souviens pas. Seul son visage en photo m'évoque quelqu'un d'étrangement familier. Un beau et austère visage maigre barré d'une fine moustache blanche et d'où semblent jaillir, ardents et perçants, des yeux bleus, dont ma grand-mère et ses quatre sœurs avaient hérité. Un Viking flaubertien, en plus maigre et chaplinesque, qui était originaire de l'Orne par son père et du Calvados par sa mère. C'est de lui, bien avant mes grands-parents Garcin, que je tiens de me croire normand, de me sentir secrètement attaché à cette terre mouillée, ondulée et vert vif, dont j'ai fait, depuis près de trente ans, dans la vallée d'Auge baignée par la Touques, mon refuge, mon oratoire, mon écritoire, ma piste de galop et mon vide-grenier, où j'entrepose, dans un pressoir à pommes aux larges flancs, les vieux canapés jaunes et démodés de Saint-

Laurent, les gros fauteuils en cuir balafré de la rue de Bourgogne et les chaises blanches en fer forgé de Bray-sur-Seine. La Normandie d'où mon arrière-grand-père est originaire est celle où son gendre, mon grand-père, a déplacé avec une douceur qui ressemble au pardon sa nostalgie de la Martinique et où, aujourd'hui, je ligature – est-ce de la chirurgie ou de la littérature ? – ces deux mémoires.

C'est en effet à Rouen, où il naquit en 1876, que Georges Guillain commença ses études de médecine. Il les poursuivit à Paris, où il s'orienta vers la neurologie, et se perfectionna aux États-Unis, d'où il revint, en 1902, pour soutenir sa thèse sur *La Névrite ascendante et le traumatisme dans l'étiologie de la syringomyélie*. Il fut alors nommé à la Salpêtrière (où son gendre et disciple, Raymond Garcin, allait lui succéder) chef de clinique des maladies mentales et du système nerveux. Après la Grande Guerre, durant laquelle il dirigea le centre neurologique de la VIe armée et réhabilita des blessés sans plaies apparentes qu'on prenait, avant lui, pour des hystériques ou des simulateurs, il occupa la chaire de Charcot, donna son nom, associé à celui de Barré, à l'affection polyradiculonévrite qu'il avait décrite (le syndrome de Guillain-Barré, redevenu en vogue comme la marinière), découvrit plusieurs réflexes, dont le fameux médio-plantaire, mit au point la réaction sur le liquide céphalorachidien du benjoin colloïdal qui permit de diagnostiquer la syphilis et les méningites, étudia la sclérose en plaques, l'encéphalite épidémique, la fixation des poisons sur le système nerveux, ou encore les gliomes cérébraux. Membre de l'Académie des sciences, il exposa ses recherches et analyses dans plus de six cents publications. Je ne les ai pas lues. Il faudrait être soi-même médecin pour les comprendre. Il faudrait surtout feindre d'ignorer les progrès que la science a faits depuis et pouvoir mesurer ce que ses travaux avaient, alors, de révolutionnaire.

Aventure paradoxale dans laquelle je me suis lancé : écrire sur les miens sans avoir la faculté d'en apprécier le génie ; courir après des chiffres avec les seules lettres ; sacrifier au devoir de mémoire en risquant le faux pas, le diagnostic aléatoire. Je suis un radiologue fantaisiste, un échographe controuvé, un voyageur sans bagage qui toque à la porte des hôpitaux d'autrefois et des bureaux poussiéreux, au fond desquels mes aïeux sourcilleux s'étonnent que je veuille mieux les connaître et me parlent dans un français de laborantin, un sabir organique, un babélisme médicamenteux que je ne saisis pas toujours. Mais si je ne témoigne pas de cette tribu clinique, dont seuls d'obscurs traités et des manuels déshumanisés gardent la trace, qui d'autre le fera ?

J'ai calé devant les comptes rendus scientifiques de Georges Guillain, mais j'ai lu, en revanche, ses *Mémoires*. C'est un gros livre de sept cent vingt pages dactylographiées qui n'a jamais paru, mais que des descendants dévotieux ont fait relier à l'ancienne afin de lui donner, dans la bibliothèque, une apparence respectable et une illusion de pérennité. Mon arrière-grand-père y déroule la généalogie de sa famille. Il raconte sa jeunesse rouennaise à la fin du XIXe siècle. Il est généreux en détails cocasses et inutiles : on déjeune à 11 h 30 et dîne à 18 h 30, après quoi on joue à l'écarté ou au piquet ; on s'éclaire aux lampes à huile, à pétrole et à gaz ; on se déplace en tramway à vapeur ; on danse la polka, le quadrille et les lanciers ; et sa mère l'emmène chez le meilleur dentiste de la ville, M. Bennett, un Américain de Philadelphie qui demande vingt francs par visite, une fortune. Il se remémore avec émotion l'inauguration, en novembre 1890, dans le jardin de Solferino, du buste de Gustave Flaubert, au cours de laquelle Guy de Maupassant prononça, bouleversé, orphelin, un beau discours. À dix-sept ans, Georges a la passion de la littérature. Celle, du moins, que ses parents l'autorisent à lire. Tout l'œuvre du dangereux Émile Zola et *Madame Bovary* lui sont interdits, mais *Salammbô* est agréé et même préconisé, ainsi que les livres de Paul Bourget, d'Anatole France et d'Alphonse Daudet, qui sont, du moins en apparence, des messieurs respectables. Il aime en particulier les romans de Jules Verne, Fenimore Cooper, Walter Scott, les biographies hagiographiques de Jeanne d'Arc et de Napoléon, les relations de voyages de Pierre Loti (dont, en 1908, il sera le médecin attitré et qu'il jugera alors « courtois, froid, réservé, un peu précieux dans son comportement »). Il y ajoute des précis d'histoire, de géographie, de géologie, d'astronomie, de zoologie et de physiologie. À ses parents dépités, qui rêvent de le voir préparer l'École polytechnique, il annonce qu'il veut faire, à Paris, des études médicales. Il me semble qu'il a moins la vocation de soigner que l'envie pressante de résoudre des énigmes scientifiques.

Après avoir été successivement l'interne du professeur Tillaux à la Charité, du professeur Raymond à la Salpêtrière, du professeur Landouzy à Laennec, du professeur Pierre Marie à Bicêtre, il embarque au Havre, à vingt-six ans, sur le paquebot *La Bretagne*, pour New York. C'est le début d'une longue tournée d'apprentissage qui le conduit, de Chicago à San Francisco, de Los Angeles à Boston et Philadelphie, dans les hôpitaux et laboratoires d'universités où la neurologie, ignorée vingt ans plus tôt, est devenue entre-temps une science de pointe. Ce périple américain est la version médicale du voyage à Rome, jugé indispensable, depuis le XVIe siècle, à la formation et l'accomplissement des artistes. À ceci près que les carabins ne traversaient pas l'Atlantique pour s'appliquer à copier l'antique, mais pour travailler à inventer l'avenir.

Retour en France, il se fiance, en décembre 1905, avec Juliette, la fille du professeur Chauffard, qui choisit sa bague, une émeraude, chez Boucheron, place Vendôme. Il écrit : « Une nouvelle période de mon existence commençait, elle fut parfaitement heureuse jusqu'à l'accident tragique de mars 1942. » (Il s'agit de la mort de sa femme, à La Ferté-Saint-Aubin, dans des conditions dont il ne dira jamais rien, glissant dans « une enveloppe spéciale », qu'aucun proche ne fut autorisé à ouvrir, les pages où il décrivait le drame et détaillait les multiples et vaines opérations chirurgicales pour tenter de sauver celle dont l'absence allait sonner le glas de son bonheur.) Leur mariage, célébré le 20 février 1906 à l'église Sainte-Clotilde, rassemble toute la haute médecine parisienne : outre la famille (Anatole Chauffard et Jules Bucquoy, respectivement âgés de cinquante et soixante-dix-sept ans), sont présents les professeurs Raymond, Landouzy, Pierre Marie, Pierre Budin, Dieulafoy... Une fois encore, la corporation profite des cérémonies religieuses pour afficher son unité dans les effluves d'encens, et célébrer, en latin, son aristocratique hérédité.

Lorsque la Grande Guerre éclate, Georges Guillain abandonne ses Souvenirs et reproduit, pour mieux serrer la vérité historique, les pages de son Journal. D'abord affecté au Val-de-Grâce, il rejoint, en janvier 1915, à Villers-Cotterêts, le service de santé de la VIe armée, où il dirige le centre neurologique. Il est envoyé ensuite à Compiègne, puis Amiens, Beauvais, Zuydcoote, et Bouleuse. Il ne traite pas que les maladies mentales, il opère aussi

– notamment les soldats blessés à la moelle épinière. Durant toutes ces années, il prend des notes pour le livre qu'il publiera en 1920 : *Travaux neurologiques de guerre*. C'est l'année où, nommé chef de service à l'hôpital de la Charité et élu à l'Académie de médecine, il compte, parmi ses externes, un certain Raymond Garcin, qui deviendra, cinq ans plus tard, son interne à la Salpêtrière et, en 1926, son gendre. Extrait de son Journal : « En juin eurent lieu les fiançailles d'Yvonne avec Raymond Garcin. J'avais toujours apprécié son intelligence, son travail, ses qualités intellectuelles et morales. Il était né à la Martinique, où sa mère habitait Fort-de-France. Son père était mort depuis quelques années. Sa famille était à la Martinique depuis plusieurs générations. Le père et la mère de Raymond Garcin avaient perdu tous leurs biens à Saint-Pierre, lors de l'éruption du mont Pelée, en 1902, ils avaient pu se sauver avec les plus grandes difficultés. Raymond Garcin était venu en France à l'occasion de la guerre de 14, pour laquelle il fut mobilisé. Je prévoyais pour lui une brillante carrière médicale, elle se réalisa telle. » Papi est donc bien accueilli, c'est-à-dire adoubé. Il vient de loin et de bas, somme toute de nulle part, mais sa détermination et son talent lui valent de mériter d'entrer dans la haute société.

Je vois naître ensuite, dans ce Journal scrupuleusement tenu, mon père Philippe, en 1928, ainsi que ses frères et sœur, Claude, en 1929, Christiane, en

1934, Jean-Loup, en 1943, et Thierry, en 1947. (Presque vingt ans entre l'aîné et le benjamin, même pas dix entre ce dernier et moi : chez nous, les générations se chevauchent et s'entremêlent.) En feuilletant ce livre, j'éprouve aussi le troublant sentiment d'assister, grâce à mon arrière-grand-père, qui était l'ami du maréchal Lyautey, du général Gouraud, de Georges Bernanos et de Paul Bourget, à ma vie d'avant ma vie, de remonter un temps très lointain d'où je sors pourtant et dans les allées boisées duquel je me promène avec ahurissement. La relation des journées du retraité Georges Guillain, qui consacre l'essentiel de son temps à relire les classiques grecs et latins dans la collection Budé, tout le théâtre de Shakespeare, les *Mémoires* de Saint-Simon, les œuvres de Sainte-Beuve, Taine, Renan, Stendhal, Balzac, Gide, Claudel, Sartre, les poèmes de Verlaine, Rimbaud et Mallarmé, se termine en 1955, soit un an avant ma naissance. Dans les dernières pages, il va assister, à la Salpêtrière, à l'inauguration du service de mon grand-père, puis à sa réception comme professeur de pathologie générale au Conseil de la Faculté de médecine. « Ce fut, écrit-il, la très légitime consécration d'une vie ininterrompue de travail sérieux et méthodique. Raymond Garcin a fait des travaux neurologiques de la plus haute importance qui ont eu une portée nationale et internationale. »

Le samedi 5 novembre 1955, il dit son bonheur

d'avoir assisté, cette fois au 189 boulevard Saint-Germain (décidément l'artère principale de mes familles paternelle et maternelle), « chez le docteur et Mme Clément Launay, au dîner pour les fiançailles de Philippe et Françoise », et d'être allé, le 22 décembre, à leur mariage religieux en l'église Saint-Thomas-d'Aquin. Ce qu'il ne dit pas, c'est le paradoxe que soulève l'union endogamique et germanopratine de mes parents. En épousant la fille du professeur de pédopsychiatrie Clément Launay, le fils du professeur de neurologie Raymond Garcin semble sauver les apparences. L'entre-soi est préservé. Le caducée est toujours agrippé à la croix. La médecine est encore une agence matrimoniale. Certes, la famille s'augmente, mais elle ne quitte pas le périmètre hospitalier (on ajoute désormais Hérold à la Salpêtrière et les troubles mentaux des enfants au système nerveux des adultes). Seulement voilà : Françoise, ma mère, vingt-cinq ans, qui sort des écoles des Beaux-Arts et du Louvre, est peintre, graveur et restauratrice de tableaux anciens. Philippe, mon père, vingt-sept ans, est éditeur aux Presses Universitaires de France et auteur d'études savantes sur les grands écrivains classiques. Ils aiment à la folie Mozart, Bach, Rossini, Giraudoux, Monet, Boudin, les bains de mer, les trains de nuit et surtout le soleil d'Italie. Ils ont faim de beauté, de pureté, et ils sont pleins de santé. La maladie, ils n'en veulent pas, ils n'en veulent plus, c'est le domaine réservé de leurs pères respectifs, dans l'ombre portée desquels ils ont sagement grandi, mangeant du syndrome à chaque repas, respirant l'éther dans chaque pièce, ouvrant la porte à des patients circonspects, partant en vacances avec des mères dont le mari, rétif au farniente, est resté à l'hôpital, ce couvent cistercien. Un tel sacerdoce n'était pas pour eux. Ni l'un ni l'autre n'a été effleuré par la vocation de soigner. Ils ne se sont jamais révoltés contre cet héritage, ils s'en sont seulement éloignés. La peinture et la littérature, remèdes à la cléricature. C'est ainsi que mes tourtereaux de parents ont clos le roman-fleuve de la médecine qui, du côté Garcin comme du côté Launay, s'écrivait depuis deux siècles, s'augmentait d'un chapitre à chaque génération, et se croyait sans fin, et se voulait immémorial.

Pourtant, il m'arrive de croire qu'ils ont ajouté un chapitre insolite et inédit à la geste familiale. Car ils furent aussi des cliniciens. Ma mère guérissait les tableaux malades et sénescents, que les réserves des grands musées faisaient porter précautionneusement à notre domicile, où le salon arrondi, transformé en bloc opératoire, sentait le détergent et l'essence de térébenthine. Dans le bureau adjacent, mon père soignait les manuscrits patraques envoyés par des auteurs confus et retouchait au stylo rouge, pour en supprimer l'emphase et l'abus d'adjectifs, les prières d'insérer que son jeune attaché de presse d'alors, un certain Robert Sabatier, avait soumis à son intimidant patron. (Dans son roman *Le Lit de la merveille*, paru en 1997, l'académicien Goncourt se souvenait encore avoir tremblé devant mon père, qui lui évoquait « un maître de haute école habitué à se tenir droit sur son cheval », mais qui lui avait « enseigné la rigueur dans l'écriture, donc dans la vie ».) Tandis que la fille du pédopsychiatre, vêtue d'une blouse blanche, armée de cotons, rendait leurs couleurs, avec des gestes subtils de gérontologue, aux toiles anciennes que le temps avait obscurcies, enfumées, effacées, le fils du neurologue, cravaté sous sa veste d'intérieur en velours côtelé pourpre, donnait de la vigueur aux textes dont des professeurs trop pressés, parmi lesquels beaucoup de médecins, avaient malmené la syntaxe et asséché le style. En somme, le couple pratiquait la chirurgie artistique. Ma mère s'y adonnait en chantant et mon père, en râlant. Ils étaient jeunes et beaux, alors, et ils croyaient pareillement qu'on peut, si on les rafraîchit et les requinque, empêcher les œuvres de vieillir et leurs auteurs, de mourir.

Chacun à sa manière était au chevet des enfiévrés, qu'ils fussent peintres ou écrivains. Ils les écoutaient, les confessaient, les auscultaient, les rassuraient, les encourageaient et parfois les rétablissaient. Ma mère dialoguait avec des morts dont elle ressuscitait les tableaux alourdis par des cadres aussi monumentaux que des stèles funéraires. Elle restituait aux angelots leurs joues roses, aux ciels encombrés leur bleu d'azur, aux scènes champêtres leur allégresse, aux saints apôtres leur humanité. Après son intervention, on entendait même le vent dans les voiles des galions, le hennissement des pur-sang et la mélodie pincée de la harpe céleste. Qu'elle fût peintre elle-même – merveilleuse portraitiste de l'enfance et magicienne des bords de Seine, où elle exaltait les ombres portées et vert-de-gris des longues tours d'acier, à la hauteur du pont Mirabeau – ajoutait à sa complicité d'atelier avec les maîtres d'autrefois. Je l'entends encore les tutoyer, un pinceau à la main, une fleur à l'oreille, le sourire aux lèvres et un torchon sur l'épaule.

Mon père était, dans sa bibliothèque, un médecin plus austère. Je le considérais comme un obstétricien, qui accouchait ses auteurs après avoir accompagné et surveillé de près leur grossesse. Installé au cœur de Saint-Germain-des-Prés, dont il ignorait farouchement les mœurs et méprisait les mondanités, il se félicitait de ne pas publier de littérature romanesque – un genre, selon lui, saisonnier et futile – et de ne mettre au monde que les œuvres pérennes des penseurs de son temps, Gaston Bachelard, Michel Foucault, Gilles Deleuze, François Perroux, Georges Balandier, Maurice Duverger, Pierre Boutang, Jean Lacroix, Emmanuel Le Roy Ladurie, Jean-Toussaint Desanti, Jean Duvignaud, et tant d'autres encore. À son poste directorial, dans cette vieille maison d'édition dont l'emblème, pour lui si prémonitoire, était un quadrige emballé, ainsi que dans ses longues analyses de Saint-Évremond, Mlle de Lespinasse, Fromentin ou Barrès données à la *Nrf*, aux *Lettres Nouvelles*, à la *Nef*, à *Critique* ou aux *Cahiers du Sud*, mon père plaçait toujours la barre très haut. Ce grand lettré était un scientifique contrarié. Il avait hérité de Papi le goût de la perfection, cette épuisante illusion, la discipline de l'ordre, la vertu de l'altruisme, une faculté de travail phénoménale et la passion de Montaigne. Il allait aux PUF comme son père à la Salpêtrière : le pas pressé, la nuque tendue, le regard cassant, l'air impénétrable, pour faire progresser la philosophie de la vie, en cachant bien ses émotions, toujours laissées à la maison, en dissimulant encore plus sa douleur, jamais exprimée, d'avoir perdu un enfant.

C'est cela, aussi, le syndrome de Garcin. Une manière d'être au monde sous une carapace. De cultiver la solitude dans des lieux fréquentés. De se donner aux autres avec parcimonie, de se confier le moins possible, de s'ingénier à n'être jamais percé, d'être plongé dans une incessante conversation avec soi-même. Une forme douce de schizophrénie civilisée reposant sur une morale impérieuse et intraitable, qui tiendrait du jansénisme, du luthéranisme, de la Royale et du Cadre noir. Ce que, dans une lettre, Jean Paulhan avait écrit, un jour de 1960, à mon père : « La vie ne doit pas être facile avec vous ; la vie ne doit pas *vous* être facile avec vous » valait aussi pour mon grand-père, dont les rondeurs affables abritaient une perpétuelle et invisible *disputatio*, au cours de laquelle le mandarin jouait à tour de rôle le maître et l'élève. Raymond et Philippe Garcin étaient des hommes intranquilles. Parfois, mais seulement parfois, je crains d'avoir hérité d'eux.

DOCTEUR GARCIN, I PRESUME ?

1

En janvier 2004, avant de quitter, à la Pitié-Salpêtrière, sa consultation de pathologie neuromusculaire, intégrée à l'Institut de myologie dont il était le directeur scientifique et médical, Michel Fardeau me proposa de visiter l'hôpital où mon grand-père l'avait accueilli et formé, un demi-siècle plus tôt, à la neurologie clinique. Ce jour-là, avec une gratitude à son endroit que le temps avait affermie, il me parla, selon la formule consacrée pour désigner le patron, de « Monsieur Garcin », qui avait été, à parts égales, son professeur de médecine et son guide spirituel, et dont il avait d'ailleurs fait sienne la belle et chrétienne devise : « Écoutez vos malades, ce sont vos seuls maîtres. »

Recommandé par Jean Hamburger et Gabriel Richet, Michel Fardeau, alors en deuxième année d'internat, avait franchi, en mai 1957, le seuil de la

Division Mazarin avec le sentiment indéfinissable et lumineux de « commencer une nouvelle vie ». Il n'allait jamais oublier cette rencontre inaugurale : « Monsieur Garcin, en blouse blanche impeccable, le regard très sérieux, accueillait ses nouveaux internes dans son bureau où les tableaux et les photos de tous les grands neurologues du monde entier qui tapissaient les murs donnaient de la solennité au moment. »

L'élève découvrit ensuite le protocole à la fois thérapeutique et théâtral des deux grandes consultations qui réglaient et rythmaient immuablement la semaine : le mercredi matin était dévolu aux nouveaux malades et le vendredi matin, aux anciens. Escorté par la surveillante générale et souvent par un « honorable visiteur », Monsieur Garcin entrait, à 10 heures précises, par une porte qui jouxtait son bureau, et il gagnait l'estrade devant laquelle étaient assis, dans un silence d'avant-générale, les internes, les externes, les assistants, une vingtaine de résidents étrangers, mais aussi, un peu ébaubies et très intimidées, les familles des patients. Lors de ces séances publiques mêlant examen et enseignement cliniques, mon grand-père évaluait, jugeait, délibérait à voix haute – une voix qu'un léger accent caribéen rendait assez veloutée et soyeuse pour atténuer, en apparence, la gravité des affections et rendre certaines d'entre elles presque exotiques.

L'auditoire écoutait donc une pensée en marche,

un raisonnement en mouvement, une expertise au travail, où il s'agissait moins d'asséner les bonnes solutions que de poser les bonnes questions. Les malades (entre trente et quarante par consultation) entraient à tour de rôle par la porte du fond. Tous étaient nus sous une blouse blanche, nouée dans le dos par trois petits cordons. La seule catégorie à bénéficier d'une protection rapprochée était celle des religieuses, devant lesquelles deux externes tendaient un drap épais qui défendait leur pudeur, éclipsait leurs égarements et dissimulait leur appréhension – « N'ayez pas peur, ma sœur, il n'y a ici que des médecins », ajoutait mon précautionneux et catholique grand-père. Sa méthode d'examen se répétait, à l'identique, pour chaque cas. À la fois maïeuticien et sémiologue, il commençait par un interrogatoire, « instrument principal de l'art médical, pièce maîtresse du diagnostic », cherchait dans les réponses, fussent-elles confuses et imprécises, ce qu'il appelait « le premier signe », faisait ensuite marcher le malade sur l'estrade, guettait chez lui la moindre trace de déséquilibre ou d'incoordination, évaluait dans le corps ce que la voix n'avait pas vraiment réussi à signifier. Après quoi, muni d'une simple épingle à nourrice, d'un bout de coton, d'un diapason, d'un tube chaud et d'un tube froid, il l'asseyait sur une chaise afin d'éprouver ses réflexes tendineux. « Avec, se souvient Michel Fardeau comme d'une prière, agenouillement sur un prie-Dieu, pour la mise en évidence des réflexes achilléens. » L'examen se terminait par l'observation classique des pupilles, de la langue et du pharynx. (« J'ai été externe dans le service de votre grand-père, en 1966, m'écrit un rhumatologue, le docteur Philippe Lépaulard, et je vous assure qu'il était le seul patron à pouvoir faire un diagnostic sans analyses complémentaires. »)

Une fois le patient reconduit dans sa chambre, Monsieur Garcin formulait ses hypothèses, localisait le siège de la lésion, tout en feignant de confesser ses doutes et de critiquer ses propres conclusions. Il livrait enfin un diagnostic – il pouvait trouver une maladie d'Osler derrière une hémiplégie ou déceler un ulcère gastrique sous une myopathie –, qu'il augmentait ensuite de considérations plus générales sur l'histoire des symptômes et des syndromes qu'en bon arpenteur du cadastre humain il venait de relever à main nue. Certains internes, craignant de les oublier, notaient sur leurs cahiers ses meilleures formules, qui tenaient de l'oracle ou de l'apophtegme : « Les paralysies du grand dentelé se cachent derrière des gilets de flanelle » ; « Enseigner, ce n'est pas faire preuve d'érudition, c'est choisir » ; « Il ne nous suffit pas de connaître, il nous faut encore comprendre » ; ou « L'instrument intellectuel le plus important, c'est un examen rigoureux perfectionné par la fréquentation assidue des malades ». J'aime beaucoup cette dernière expression qui laisse accroire qu'on fréquenterait pareillement les malades et les grands auteurs du répertoire classique, que la compagnie des maux vaudrait celle des mots.

Les autres jours de la semaine étaient réservés aux visites en salles. Précédé par sa réputation et suivi par une procession d'apôtres, il allait de lit en lit d'un pas cardinalice, distribuait des avis et des encouragements qui ressemblaient à des bénédictions, privilégiait toujours le dialogue, faisait d'abord confiance à son œil, et prenait tout le temps nécessaire à la consultation. Même s'il était curieux des nouveaux procédés d'analyse, depuis l'électroencéphalographie jusqu'à l'angiographie, et bien qu'il fût le premier à souhaiter l'ouverture d'un laboratoire de microscopie électronique dans la vieille Division Risler, dont il avait également la charge à la Salpêtrière, et qui allait bouleverser la compréhension des myopathies, il ne cessait de prier ses élèves de ne pas « succomber au vertige des concepts ni au fétichisme des électrodes », de ne pas céder à « la superstitieuse admiration des techniques », de ne pas plier devant « cette technocratie envahissante ayant engendré une frénésie d'examens complémentaires, laquelle risquerait d'entraîner la neurologie sur des voies probablement moins assurées que celles où ses démarches cliniques l'ont pas à pas conduite ». Il restait en effet convaincu que c'est d'abord avec des examens ordinaires et des gestes très simples qu'on décèle les désordres nerveux, qu'on pénètre dans ce que les chimistes français du XVIIIe siècle appelaient « l'industrie intérieure », autrement dit l'ancêtre du métabolisme. Tel Louis Pasteur, il résumait son art avec trois verbes et leurs adverbes décisifs : « Guérir parfois, soulager souvent, écouter toujours. »

D'aucuns lui ont d'ailleurs reproché de n'être pas assez moderne et, dans son travail quotidien, de manquer d'audace, de celle qui distinguerait le savant du génie. Lui se défendait de tout scepticisme, de toute pusillanimité, ou de vouloir retomber dans le vieil empirisme. Il avait la vanité de la modestie et se contentait d'appliquer la loi de la patience, la règle de la prudence, et, avant la lettre, le principe de précaution. Il regrettait seulement, avec, parfois, une méfiance de rebouteux bougon ou de pythie malmenée, que son ordre eût sacrifié la quiétude contemplative aux prescriptions militantes de médicaments puissants, dont certains effets étaient alors mal connus. Il se méfiait du devoir d'efficacité immédiate et préférait croire aux vertus caribéennes du temps. Il faisait plus confiance à ses sens qu'aux rayons X. Et il n'en démordait pas : « Le seul et vrai problème dans l'art de soigner est celui des indications thérapeutiques. S'il en est d'impérieuses que personne ne discute, il en est d'autres plus hasardeuses, qui commencent de se profiler derrière les doctrines. N'oubliez pas que savoir s'abstenir, c'est aussi faire œuvre thérapeutique. De la tisane des apothicaires à l'ACTH (Adréno Cortico Trophic Hormone), il y a encore place, dans nombre de cas de gravité moyenne, pour une thérapeutique nuancée, active, sans risques inutiles. La thérapeutique, d'inoffensive et parfois ridicule qu'elle fut à l'âge de l'ignorance, menace, si l'on n'y veille, de devenir dangereuse par ses témérités. Prenons garde que, déjà hermétique dans ses propos, la médecine ne devienne redoutable dans l'enthousiasme souvent irréfléchi qui nous entraîne, sans indications majeures, vers les toutes récentes nouveautés et leurs séduisantes promesses. »

Il y avait du commissaire Maigret ou plutôt du docteur Conan Doyle chez ce clinicien en cravate club et pochette blanche qui menait des enquêtes à l'ancienne et déplorait, avec Armand Trousseau, médecin et député du XIXe siècle, que « l'intelligence devienne plus paresseuse à mesure que les notions scientifiques se multiplient, se contentant de recevoir et de jouir, étant devenue peu soucieuse d'élaborer et d'enfanter ». Raymond Garcin se vantait – et même s'amusait – d'avoir, par exemple, résolu l'intrigante énigme d'une femme qu'un confrère lui avait adressée en suspectant une sclérose en plaques. Étonné par le collier de sequins inégalement dédoré qu'elle portait, il l'avait interrogée et avait découvert que la dame tenait, dans les foires, un stand de tir. Il en avait alors déduit que les capsules de fulminate de mercure avaient, en explosant, non seulement noirci son bijou, mais aussi provoqué chez elle un syndrome cérébelleux. Il avait même poussé le scrupule professionnel jusqu'à aller inspecter, avec deux de ses assistants, les stands de tir de la Foire du Trône. J'imagine mon imperturbable grand-père, engoncé dans son costume de flanelle, découvrant ces lieux de fête, de liesse, voire de perdition, où il n'allait jamais, se mêlant à la foule familiale, passant avec indifférence devant le train fantôme ou les montagnes russes, et contournant le stand des barbes à papa, pour s'arrêter devant la baraque où, sans seulement s'offrir le petit plaisir de tirer une cible, il ramasserait et ausculterait, à la loupe, les amorces empoisonnées, l'arme du crime, la résolution du rébus.

2

De Loches (Indre-et-Loire), où elle habite, Mme Françoise B. m'écrit une longue lettre. Elle m'a entendu parler, en 2015, de mon grand-père sur France Culture, dans l'émission médicale du professeur Olivier Lyon-Caen, et veut m'exprimer, si longtemps après, ce qu'elle lui doit. « Je suis née avec une malformation de la charnière occipitale, restée inaperçue jusqu'à une chute banale à partir de laquelle j'ai commencé à avoir des problèmes de motricité. Un pédiatre m'a fait hospitaliser, en urgence, à la Salpêtrière, dans le service du professeur Garcin. C'était en 1954, j'avais treize ans, je venais de Dieppe. Je suis restée trois mois dans son service. J'ai le souvenir d'un monsieur calme, doux avec moi, mais très direct. Un monsieur très proche de ses malades et très humain avec mes parents. Il m'examinait avec gentillesse et pudeur devant ses étudiants. Ce qui, en ce temps-là, n'était pas toujours le cas. Son diagnostic : luxation de l'atlas sur l'axis, compression de la moelle épinière. Une intervention chirurgicale a été décidée. Elle était à risque, surtout avec les moyens de cette époque. Je suis retournée ensuite, avec une minerve, dans le service de neurologie. Votre grand-père m'a suivie durant plus de deux ans. Il m'a fait opérer une seconde fois (greffe avec prise de greffon sur la crête iliaque et ostéosynthèse intervertébrale par agrafes en métal). Et chaque fois, je retournais dans son service. Il se réjouissait des résultats tout en s'inquiétant de mon avenir. Quelques mois après ma sortie de l'hôpital, il m'a fait revenir afin d'expliquer mon cas à ses étudiants. Je me revois arrivant sur l'estrade, dans un amphi, et j'entends encore le professeur Garcin déclarer : "Voici ma petite miraculée." Avant que je ne reparte, il m'a demandé : "Quel métier veux-tu faire ?" Je lui ai répondu : "Infirmière." Et lui : "Ça, mon poussin, non, ce ne sera pas possible." Or, à l'exception d'une raideur du cou consécutive à la greffe, j'ai récupéré l'usage de mes mains et de mes jambes, repris mes études et, en 1963, suis devenue infirmière. J'ai été très heureuse de le lui faire savoir. Je lui devais beaucoup… Je me suis mariée, j'ai eu des enfants et une vie normale. Chaque année, jusqu'à sa mort, je lui écrivais. Et chacune de mes lettres obtenait une réponse de lui, pour qui, malgré le temps, je garde une admiration infinie et intacte. »

3

À trente ans, mon grand-père s'était déjà fait un nom en soutenant sa thèse sur *Le Syndrome paralytique unilatéral des nerfs crâniens*, qui deviendrait le syndrome de Garcin, et dont « l'originalité, selon le neurologue Jean Lapresle, tient au caractère progressivement extensif, mais toujours unilatéral, de l'atteinte nerveuse, devant faire rechercher un néoplasme du cavum ou un sarcome de la base du crâne ». Trois années plus tard, il fut nommé médecin des hôpitaux et affecté à la Salpêtrière, tout en multipliant les activités parallèles. Car, à cette époque, il n'assurait pas seulement son service ; le jeune agrégé donnait aussi des cours sur sa spécialité : les nerfs crâniens, et des conférences à Saint-Louis sur la syphilis du système nerveux, publiait des rapports sur l'ataxie et des articles dans *L'Encyclopédie*, dont un sur les syndromes cérébelleux et labyrinthique, signait des études sur les polioencéphalites à virus neurotrope et les relations entre le syndrome thomésien et l'insuffisance thyroïdienne. Et lorsque la Seconde Guerre mondiale éclata, l'ancien médecin auxiliaire de la Première, décidément condamné à soigner les victimes des tragédies, rejoignit, avec le grade de médecin-capitaine, une équipe neurochirurgicale de la IIIe armée. Expérience dont il tira, en 1942, un essai sur le *Traitement des blessures et des lésions traumatiques crânio-cérébrales récentes.*

Revenu à la vie civile, il fut affecté à Debrousse, à Saint-Antoine, puis à l'Hôtel-Dieu, avant de retrouver, en 1948, sa chère Salpêtrière, située à l'embouchure de la Bièvre, sur la rive gauche de la Seine, que le corps médical appelait « la Cité grise », alors qu'elle était vraiment noire. Six ans plus tard, il se vit confier la chaire de Pathologie et thérapeutique générales, qui serait bientôt la seconde chaire de Clinique neurologique. Dans la même Salpêtrière, cohabitaient en effet deux écoles : celle, fondée par Charcot et transmise à Guillain, que dirigeait Théophile Alajouanine, dont le périmètre scientifique couvrait les atteintes corticales et les fonctions supérieures : langage, conscience, perception. Et celle de mon grand-père, héritée des neurologues Alfred Vulpian et Jules Dejerine, dont la zone de recherche comprenait plutôt les affections du tronc cérébral, du cervelet, de la moelle, des nerfs périphériques. Une courtoise rivalité opposait ces deux pôles neurologiques : les deux patrons et leurs élèves respectifs se bravaient volontiers, mais avec l'entregent des purs esprits, à fleurets mouchetés, et pour le plaisir stimulant de poursuivre, à leur tour, une histoire dont ils étaient les dépositaires.

Dans *Passion neurologie*, le livre qu'il a consacré à Jules et Augusta Dejerine (Éditions Odile Jacob, 2017), Michel Fardeau raconte les origines de cette émulation séculaire. En même temps amis et concurrents, Jean-Martin Charcot et Alfred Vulpian, qu'on surnommait « Castor et Pollux », étaient encore deux jeunes médecins lorsqu'ils transformèrent, au milieu du XIXe siècle, le vieil hospice en hôpital moderne, et y firent naître la neurologie. (Il faut imaginer que, avant eux, la Salpêtrière était cette antenne militaire où, durant le siège de Paris, en 1870, les vivres venant à manquer, on avait débité à la hâte les deux éléphants du Jardin des Plantes voisin pour ne pas mourir de faim ; elle était également un asile pour femmes et le théâtre annuel, à la mi-carême, de l'insensé Bal des folles, où les hystériques dansaient avec les épileptiques, et le but des promenades dominicales des Parisiens, qui venaient observer, en famille, des centaines d'aliénées parquées derrière des grillages comme s'ils allaient voir des girafes et des guenons au zoo.) S'ils décrivirent ensemble la sclérose en plaques, Charcot et Vulpian eurent chacun ses propres disciples. C'est ainsi que, dans la même Salpêtrière et la même spécialité, il y eut deux écoles, la dominante de Charcot et la rebelle de Vulpian. L'une, purement anatomo-clinique et humaine, l'autre, pathologique et expérimentale. Le couple Dejerine, qui fut à la neurologie ce que les Curie furent à la physique, appartenait au clan Vulpian. Le Savoyard Jules Dejerine (1849-1917) et l'Américaine de San Francisco Augusta Klumpke (1859-1927) s'étaient d'ailleurs rencontrés dans le laboratoire de ce dernier, qui fut en somme leur maître et leur marieur. À sa mort, en 1887, ils mirent leur génie en commun et signèrent à quatre mains deux traités qui firent date : *Anatomie des centres nerveux* et *Sémiologie des affections du système nerveux*. Dans son livre, Michel Fardeau montre d'ailleurs combien il était difficile pour une femme, à la fin du XIXe siècle, de choisir la carrière médicale. On ne les jugeait pas assez fortes physiquement pour les interventions orthopédiques, on les suspectait de manquer de sang-froid dans les cas d'urgence et on arguait que les hommes refuseraient de se faire soigner et sonder par elles. Même la voie du concours de l'internat leur était fermée. Augusta Klumpke fut d'ailleurs la première femme à pouvoir s'y inscrire et à le remporter, après avoir bravé, dans la rue, les manifestations hostiles et machistes des étudiants en médecine. Michel Fardeau décrit aussi l'incroyable persistance du conflit originel, qui allait se prolonger jusqu'à l'époque de mon grand-père, qui s'inscrivait ouvertement dans la lignée de Vulpian, dont la photographie sévère et sépia ornait son laboratoire avant d'être placée, à sa mort, dans celui de Fardeau. Ainsi, après la disparition de Jules Dejerine, en 1917, l'élève et continuateur de Charcot, Pierre Marie, ordonna sèchement à Augusta de quitter son petit laboratoire de la Salpêtrière et d'emporter avec elle tous les documents et pièces anatomiques qu'elle avait collectés et classés avec son mari, toutes les coupes de cerveau interprétées au microscope monoculaire, bref tout leur œuvre scientifique commun, leur précieux trésor, leur monument. On voit par là que la paisible neurologie fut aussi un sport de combat.

4

Je lis ici et là ce que mon grand-père a apporté à sa science, et c'est aussi cabalistique et magnétisant que l'intitulé de ses ouvrages sur les *Thrombo-phlébites cérébrales* ou les *Aspects neurologiques des malformations congénitales de la charnière crânio-rachidienne*. J'apprends qu'il a exposé la fréquence des complications neurologiques du diabète, les retentissements nerveux dans la pathologie du collagène, les atteintes neurologiques et musculaires de la sarcoïdose et des réticulopathies. Je mets enfin des termes savants sur ces tâches obscures qui dévoraient sa vie privée et, à Paris comme en Normandie, nous privaient si souvent de lui : enfermé toute la journée dans ses deux bureaux, devant lesquels Mamie ordonnait aux petits-enfants de ne pas faire de bruit, de ne pas « *le* déranger », Papi ne consentait en effet à en sortir que pour les repas à heures fixes, où les retardataires étaient vertement tancés, et, à Saint-Laurent, pour aller peindre les paysages qu'il était incapable d'admirer sans rien faire. Même un arbre au tronc veiné et à la vaste ramure sous laquelle, l'été, un autre que lui eût cédé à la sieste, il lui fallait, avec son pinceau, une cigarette molle fichée entre les lèvres, le *travailler*, le faire parler, en extraire la sève et feindre de lui donner une seconde vie. Ce sémiologue ne se reposait jamais, parce que tout, en plein air comme sous abri, lui faisait signe. Le monde était pour lui un malade menacé dont, en même temps, il fixait la beauté provisoire, diagnostiquait le symptôme et voulait absolument traduire le silence.

Jusqu'à ses voyages à l'étranger, aussi fréquents qu'industrieux. Je ne l'ai jamais vu partir au nom du plaisir, dans la perspective ordinaire d'un agrément. Sa conviction, digne d'un janséniste de Port-Royal, était que « les vraies sources de joie sont dans l'accomplissement des devoirs de sa charge ». Pour lui, qui négligeait son corps, ou plutôt l'ignorait, qui le laissait s'arrondir, s'épandre, se courber, comme s'il lui demandait secrètement de l'abriter, de l'ombrager, qui le dissimulait derrière des vestes sombres et croisées de clergyman, monter dans un avion, c'était seulement donner du champ, de l'altitude et un air neuf à son cerveau hyperactif. Celui qui, en pionnier, avait étudié les lésions localisées du thalamus, les amyotrophies ou les médullopathies d'origine vasculaire présidait avec des gestes œcuméniques de prélat palatin des congrès internationaux, donnait des conférences en français (il ne parlait pas l'anglais) devant ses pairs dans toutes les capitales, ou était appelé au chevet de dignitaires malades.

Je me souviens que *Paris Match* tenait alors, en photo, la chronique flatteuse et théâtrale de ses tournées à travers le monde, et que mon père ne manquait jamais de me rapporter fièrement les numéros, ouverts à la page où l'on voyait Papi en blouse blanche ausculter, au Kremlin ou à São Paulo, d'étranges et inquiétantes momies, se pencher sur des spectres que, parfois – du moins des légendes patriotiques voulaient-elles le faire accroire –, le grand professeur français ramènerait à la vie. L'enfant que j'étais voyait en lui un dieu doté des pouvoirs conjugués d'un chef d'État en déplacement officiel et d'un agent secret en mission. Et comme le personnage immortalisé par *Paris Match* ne ressemblait guère au patriarche bonhomme qui, pendant les déjeuners dominicaux de la rue de Bourgogne, une serviette blanche autour du cou, savourait religieusement des tripes à la mode de Caen, fustigeait l'autocratique général de Gaulle et se flattait de savoir Thierry, le benjamin de la fratrie, vingt et un ans en mai 68, sur les barricades de la rue Gay-Lussac, je me disais que Papi avait vraiment une double existence. C'était très romanesque.

5

J'ai retrouvé, dans une chemise où mon père les avait soigneusement classés et datés, les articles parus au lendemain de la mort, le 26 février 1971, de Raymond Garcin et de son inhumation, dans le petit cimetière marin de Saint-Laurent. On y loue « une carrière lumineuse qui ne patiente pas », « l'ami intime des lignes droites », « l'un des plus grands neurologues de son temps ». On fait le compte de ses trois cent vingt-cinq communications et rapports, dont deux études sur la coordination de la motricité volontaire et les ataxies, écrites un an avant sa disparition. On rappelle que ses examens sémiologiques, où il faisait preuve d'une « patience contemplative presque irritante », avaient toujours la précision et l'élégance d'une « œuvre d'art ». Et l'on salue « la force de son âme et la vigueur de sa foi qui lui permirent de supporter deux épreuves avec résignation » : les morts accidentelles, sur la route, toujours l'ignoble route, de son petit-fils Olivier, mon jumeau, en 1962, et de sa femme, Yvonne, six ans plus tard.

Mais je suis surtout frappé par un mot qui revient sans cesse, jusque dans les revues médicales les plus pointues et les moins suspectes de sentimentalisme, et qui n'est pas une vertu scientifique : « la bonté ». Raymond Garcin était un homme bon. Son « fin sourire », sa « main amicale et rassurante », son « dévouement affectueux et modeste » avaient donc la faculté de consoler les malades. Il tenait en effet que « l'esprit de charité » est un sous-ordre de la thérapeutique générale. Même durant les mois de sa lente agonie, il se plaignit moins de ses propres souffrances qu'il ne regretta de ne plus pouvoir apporter de l'aide, du réconfort et « le souffle de la chaleur humaine » aux alités de la Division Mazarin, dont il s'inquiétait comme de ses enfants. Cette délicate attention à l'autre et cette sollicitude, qui n'enlevaient rien à son magistère, mais donnaient seulement de l'humanité à son autorité, je crois en connaître la source : c'est l'immense et silencieuse nostalgie qu'avait mon grand-père de son île tropicale. Pour lui, chaque malade était un réfugié, qui avait quitté le pays luxuriant des bien-portants et rêvait, avec son aide, d'y retourner vivre. Sa bonté était la forme la plus visible de l'empathie qu'il éprouvait pour les expatriés des terres lointaines et les bannis de la bonne santé. Il soignait aussi les regrets en donnant de l'espoir. En 1954, dans sa leçon inaugurale à la chaire de Pathologie et thérapeutique générales, il avait ainsi rendu grâces, devant ses confrères de la Faculté de médecine, à ses origines : « Qui n'a pas connu l'enchantement des "Isles" ne connaît pas la douceur de vivre. Une gentillesse native, le désir de plaire, tout un héritage de douces manières, une élégance de vie, où le culte de la famille est au premier plan, voilà ce qui fait aussi le charme profond de nos vieilles colonies. Pardonnez-moi, messieurs, l'évocation de ces souvenirs. Celui de mon île ne m'a jamais quitté. »

À l'un de ses élèves, il avait promis : « Quand je serai vieux, j'écrirai... » C'est cela qu'il aurait sans doute écrit, s'il avait eu la chance de vieillir : un traité de la mélancolie, où il aurait enfin raconté son enfance martiniquaise et sa jeunesse d'exilé, où il aurait aussi dénoué ses paradoxes d'homme à la fois rêveur et pragmatique, sombre et souriant, amène et intraitable, affable et sauvage, énigmatique et clair. « Je suis un optimiste anxieux », répétait-il volontiers, une boîte à oxymores dans une main, un marteau à réflexes dans l'autre, et une pochette immaculée à son costume.

6

La Martinique, je n'y suis allé qu'une seule fois, en juillet 1973. J'allais avoir bientôt dix-sept ans, et je ne laissais personne dire que c'est le plus bel âge de la vie. Trois mois plus tôt, mon père venait de mourir d'une chute de cheval dans la forêt où, le dimanche, nous allions si souvent nous promener à pied et où, cravaté au milieu des fougères, il énonçait ses partis pris, m'exposait les vertus littéraires de Fontenelle, qui « se retranche, par l'art d'écrire, du désespoir de penser juste » ; de Rivarol, qui « développa une variété assez rare de cynisme intelligent » ; de Joubert, qui « avait deviné que l'art n'est pas une province de la nature mais compose au contraire une nature rivale du monde et lui fixe ses limites » ; de Stendhal, pour qui « l'acte d'écrire est un moyen commode, plutôt que de se peindre soi-même, de se plaire à soi-même » ; ou encore de Péguy, qui « cherchait refuge dans l'inaction d'avant l'enfance, dans l'innocence d'avant l'action ».

Ce premier été sans lui fut d'une violence aveuglante. J'avais l'impression d'être un fantôme, le tout jeune revenant de guerres très anciennes, et de claudiquer sous le poids de mes disparus : Olivier, mon frère, Yvonne et Raymond, mes grands-parents, et maintenant mon père, ce cavalier de quarante-cinq ans que rien, croyais-je, ne saurait désarçonner. La possibilité d'une île fut alors l'occasion d'une consolation. Mon oncle Claude Garcin, dont la ressemblance avec mon père était si forte qu'on aurait pu les croire jumeaux, proposa à ma mère de venir avec ses trois enfants passer quelques semaines de vacances dans cette Martinique, pour moi chimérique, où il dirigeait une banque et où m'attendait son fils François, mon exact contemporain, mon frère de substitution, qui me tendit la main avec une tendresse à la fois compatissante et confiante que je n'oublierai jamais.

Si longtemps après, je me souviens encore, comme d'un étouffement, comme si j'entrais dans une autre dimension, de la suffocante moiteur qui me saisit à l'aéroport de Fort-de-France ; de la forêt tropicale, dans le nord de l'île, où l'on partait se baigner, au pied des cascades, dans l'eau glacée des bassins naturels, au fond desquels je noyais mes chagrins ; de l'immaculée plage du Diamant d'où l'on regardait, sous les palmiers et les cocotiers, le soleil se coucher sur une mer d'huile réconfortante ; de « la baignoire de Joséphine », ces fonds blancs dédiés à Joséphine Tascher de La Pagerie et situés en face du village du François, vers lesquels convergeaient les petits bateaux de la bourgeoisie locale afin de sacrifier, à midi, les jambes dans l'eau, au rituel ensoleillé du punch planteur ou coco ; et des fêtes, la nuit, dans des propriétés perdues au milieu des champs de cannes et du chant des hylodes, où des filles et des garçons de mon âge essayaient gentiment de tromper ma tristesse, de divertir mes regrets avec, en stéréo, *La Maladie d'amour*, *Angie* ou *J'ai un problème*. Partout où j'allais, escorté et introduit par François, l'on me faisait comprendre que j'étais aussi un enfant de cette île, que je portais un nom indissociable de l'histoire martiniquaise, et que si je venais de perdre un père, j'avais gagné, loin des cimetières de la Métropole, une nouvelle patrie. Mais rien n'y faisait. Je me sentais un étranger. Même la visite, un matin brumeux, de la plage de sable gris-noir de Saint-Pierre, dont les caresses de la mer bleue semblaient vouloir encore apaiser, par vagues molles et successives, la brûlante éruption de 1902, n'avait pas réussi à me naturaliser. J'avais beau me dire que mon grand-père avait grandi là et qu'il avait fui, à l'âge qui était alors le mien, la tragédie péléenne, c'est au Papi de la rue de Bourgogne que je pensais, à celui que, deux ans plus tôt, nous avions enterré au pied de la petite église de Saint-Laurent, où l'abbé Forget, un ancien aumônier militaire surnommé par les paroissiens « le bourru au cœur d'or », l'avait définitivement couché sous la terre normande. Je n'avais même pas poussé jusqu'à Basse-Pointe. Il faut avoir le cœur léger pour marcher sur les traces de ses aïeux, et j'étais, cette année-là, tétanisé, comme empêché d'avancer.

Depuis, sauf au gré de mes lectures transatlantiques – Aimé Césaire, Patrick Chamoiseau, Édouard Glissant, Raphaël Confiant, Xavier Orville, Roland Brival et les voisins guadeloupéens Simone et André Schwarz-Bart, Maryse Condé, Daniel Maximin –, où, défiant mes origines, je prenais naïvement parti pour les Noirs contre les anciens colonisateurs, je ne suis jamais retourné aux Antilles et je n'ai pas emprunté, à Fort-de-France, la rue du Professeur-Raymond-Garcin, sinon dans le dédale de ce livre, qui est ma seule manière de revoir, avec mon grand-père, son île natale et de m'y croire un peu chez moi, aussi.

7

Aucun de ses cinq enfants ne choisit d'exercer la médecine. Ils lui préférèrent l'édition, la banque ou le journalisme. « Je leur ai donné le mauvais exemple », répétait volontiers mon grand-père, qui ignorait que son arrière-petit-fils Louis-Marie Garcin, le fils de François, marcherait dans ses pas, sur ses traces, au XXIe siècle, cette chimère. Alors, il s'était donné, à la Salpêtrière, une seconde famille : ses élèves, qu'il choyait plus particulièrement à condition qu'ils fussent, comme lui, nés loin de Paris, qu'ils eussent connu l'exil, la solitude et la vache enragée. Il était ainsi devenu le père adoptif de disciples asiatiques, sud-américains ou caribéens, dont, aujourd'hui encore, à des gestes discrets, à des cadeaux surprenants, je mesure l'immarcescible fidélité. « À l'époque, se souvient l'un d'eux, devenir son interne équivalait à une véritable promotion et donnait une sorte de label d'excellence. C'était aussi un privilège que l'on mesurait à sa manière de nous accueillir chez lui, rue de Bourgogne, pour continuer, jusque tard dans la nuit, à discuter d'un malade, à étudier un cas complexe, à tenter de résoudre une énigme, une main thalamique, une sarcoïdose, une réticulopathie... »

Parmi ces apôtres, il y avait un grand, beau et massif garçon venu d'Haïti, où il enseignait les mathématiques et avait choisi, comme livre de chevet, *Les Confessions*, de Rousseau. Il s'appelait Jean Métellus. Né à Jacmel, en 1937, ce fils d'un boulanger et d'une couturière avait, grâce à une bourse, quitté son île à la toute fin des années cinquante afin de fuir la dictature des Duvalier et suivre des études de médecine en France, dans le service de mon grand-père, à la Salpêtrière. Il avait en effet choisi la neurologie, et s'intéressait plus particulièrement à la neurolinguistique, aux troubles du langage. Il devait ensuite exercer longtemps au Centre hospitalier Émile-Roux de Limeil-Brévannes, où il s'ingéniait à faire parler les aphasiques pour mieux consacrer ses nuits d'insomniaque à donner la parole aux personnages imaginaires de ses romans fantasques, *Jacmel au crépuscule*, *La Famille Vortex* ou *Une eau-forte*. Car il était devenu, sans jamais renoncer à sa vocation thérapeutique, un écrivain flamboyant et hypermnésique, dont on retrouva d'ailleurs le premier recueil de poèmes, *Au pipirite chantant*, ouvert et annoté sur la table de nuit d'André Malraux, qui venait de mourir en psalmodiant : « À la barbe des dieux, un baume infatigable enchante les feuillages, murmure dans les ruisseaux, s'enracine dans le sol, babille dans les basses-cours, rugit dans l'océan, épie les hommes et azure l'horizon… Je serai le bras des mutins, le glaive des indigents, et sur tout homme et sur toute vie, je répandrai l'arôme salace des grandes insurrections. »

« Votre grand-père a été mon père », me confia

Jean Métellus, très ému, beau visage noir barré d'une moustache blanche, soudain si sensible sous sa carrure olympienne, le jour où nous déjeunâmes ensemble pour fêter la parution, en 1990, chez Gallimard, dans la collection Blanche, de son roman *Charles-Honoré Bonnefoy*, sous-titré *La seconde vie d'un grand médecin*. Derrière ce pseudonyme se cachait en vérité Raymond Garcin, qui le prit sous son aile lorsqu'il arriva, à vingt-deux ans, sans un sou en poche, à Paris. Les deux insulaires, qui s'exprimaient dans le français châtié et métaphorique des pays lointains, se reconnurent aussitôt. Ils n'avaient pas la même couleur de peau, mais partageaient les mêmes origines, modestes et brûlantes. Le maître martiniquais forma l'élève haïtien, qui logeait alors à la Maison suisse de la Cité universitaire du boulevard Jourdan et avait trouvé, boulevard de l'Hôpital, son cicérone. « Je devais ce roman à sa mémoire, ajouta Métellus. C'est la seule manière que j'aie trouvée pour lui exprimer, après sa mort, ma reconnaissance. »

Charles-Honoré Bonnefoy est d'abord la chronique pittoresque d'un monde révolu, que Mai 68 s'apprête à reléguer au rayon des antiquités et qui fascine, on peut le comprendre, le jeune exilé. Ainsi le rituel quotidien du patron accueilli dans son service par la clochette, revêtant dès potron-minet sa chasuble immaculée qu'une assistante dévouée ajustait aux épaules, entouré aussitôt d'internes déférents, prononçant devant un amphithéâtre comble des diagnostics ex cathedra et poursuivant de chambre en chambre sa consultation publique, sa longue marche sacerdotale. En ce temps-là, le professeur de médecine incarnait à la fois le savant inspiré, l'enseignant qui profère des oracles et le bodhisattva dont on se flatterait plus tard d'avoir été le prosélyte. Dans son roman, Jean Métellus portraiture le neurologue au moment où il s'apprête à prendre sa retraite, après une vie exclusivement consacrée au travail, et il lui invente même des prolongations en lui confiant un service de gériatrie en banlieue parisienne. Mais ce sont surtout ses années de formation à la Salpêtrière qu'il raconte dans ce livre mélancolique.

Garcin, alias Bonnefoy, un homme « de petite taille, un mètre soixante-cinq, trapu et tout en courbes », incarnait, écrit-il, « la grande médecine sensuelle, tactile, visuelle, auditive et olfactive ». Avec une simple tige de coton, il interrogeait un orteil, une cuisse, un bras, et, avec un abaisse-langue, la voix confuse d'une mémoire. « Il palpait le crâne, contrôlait jusqu'à l'implantation des cheveux, son regard s'arrêtait sur chaque point rouge, noir, crème, café au lait qui rompait l'harmonie de la peau, il inspectait tous les téguments, examinait les organes sexuels et les plis jusqu'aux marges sacrées de l'anus, jusqu'à la zone ano-génitale dont il testait la sensibilité avec un morceau de gaze. Il demandait au marteau la vérité sur l'existence de tel ou tel réflexe, constant ou inconstant, en y revenant dix, vingt, trente et quarante fois au cours du même examen si cela était nécessaire. » Cette faculté, toute de minutie obsessionnelle et de méticulosité opiniâtre, à persuader un corps muet et inquiet, en le palpant, en le caressant, en l'aiguillonnant, en l'irritant, de livrer naturellement son secret, cette volonté farouche de comprendre également « le dessein impénétrable de l'architecte qui l'avait créé », de tenter de nommer l'innommable, de désigner l'indicible, s'apparentaient au bel art, et Garcin, à l'en croire, était un artiste exceptionnel. Jean Métellus l'évoquait devant moi comme s'il avait été l'élève d'un Rodin dont il ne subsisterait, en fait d'œuvres sculptées, de *Penseur*, de *Baiser*, d'*Âge d'airain*, que les souvenirs d'un geste, d'un regard, d'une écoute, d'un éloquent silence. Après lui, tout allait changer. « On ne demandait plus à la médecine de porter un diagnostic ni un pronostic, car ces deux étapes étaient déjà franchies puisque les malades étaient classés, confinés, rangés, préparés pour faire le grand saut. Il ne fallait s'attendre qu'à faire un seul geste : autopsier et ensevelir à une date plus ou moins éloignée. Bonnefoy se sentait démuni devant cette nouvelle médecine. » Ce roman, c'est l'adieu au patron qui s'éclipse en tapinois, sans regrets ni amertume, juste avant qu'il ne soit trop tard, avant que sa méthode sensitive et humble ne soit contestée par les adeptes de technologies subversives, au lendemain d'une révolution civile qui vient de mettre la France sens dessus dessous et à la veille d'une révolution scientifique qui va bouleverser l'exercice de la neurologie.

« Il y avait chez votre grand-père quelque chose d'aristocratique dans sa façon d'être et beaucoup de bonté. » Encore et toujours la bonté… Elle lui dictait ainsi de recevoir gracieusement en consultation les malades sans ressources que lui adressaient ses amis du Secours catholique. « J'ai eu la chance de travailler avec cet homme au cœur d'or et très cultivé. Il lisait beaucoup, je le savais, mais je ne soupçonnais pas l'étendue de sa culture ! » conclut Métellus, qui s'est éteint, à Bonneuil-sur-Marne, le 4 janvier 2014, soulagé d'avoir laissé une trace de « l'honnête homme », grand lecteur de Montaigne et de Renan, auquel il dut aussi d'avoir, tout au long de sa vie, marié la médecine et la littérature, la première donnant des arguments à la seconde et la seconde, humanisant la première. Car il eût cessé d'écrire s'il avait remisé sa blouse blanche et arrêté de soigner s'il avait rangé sa plume. L'un, toujours, commanda à l'autre, et inversement. J'ai compris avec lui que la littérature était, rongée par le lierre et pleine de trésors cachés, une dépendance de la neurologie, dans le grand parc à la française des vieilles humanités.

8

« Parce que j'ai été élevé selon les principes d'une civilisation où l'on met celui qui nous forme l'esprit au même rang que celui qui nous donne le jour, il est naturel que je reporte mon affection sur les enfants et toute la famille de mon maître, Raymond Garcin », écrivit le docteur Hoang Xuan Man, un grand ophtalmologiste d'origine vietnamienne, après la disparition de mon grand-père. Les Man (d'un prénom, facile à retenir, on avait pris l'habitude de faire un patronyme, dont ils s'accommodaient volontiers) furent en effet comme une seconde famille. Ils habitaient aussi boulevard Saint-Germain et je n'avais, petit, qu'à traverser la place Maubert pour aller jouer avec Tan, qui était mon contemporain et allait plus tard devenir également ophtalmologiste. La manière qu'avaient les Man de nous manifester leur affection, leur fidélité, et, au lendemain de la mort de mon père, leur compassion redoublée, passait beaucoup par la cuisine. Chaque semaine, empruntant le boulevard dans le sens inverse, Mme Man, née Vo Thi Hue Da, sonnait à notre porte, tout sourire, et offrait à ma mère un impressionnant panier de victuailles asiatiques et françaises, salées et sucrées, solides et liquides, fraîches ou en boîte, avec une générosité qui nous eût embarrassés – car nous n'étions pas dans le besoin – si nous n'avions compris qu'en les nourrissant au-delà du raisonnable, cette femme d'une exquise délicatesse espérait bien consoler la jeune veuve et ses trois enfants. Elle imaginait affaiblir notre chagrin. Elle nous engraissait afin de nous alléger. Et nous priait discrètement de convier nos défunts à ces agapes colorées. Lorsque, en 1984, elle perdit à son tour son mari, elle continua, dissimulant sa propre peine, de déverser chez nous, sous forme de barquettes tièdes, de sachets parfumés, de corbeilles de fruits lointains qu'on eût dit préparées par Arcimboldo et de paquets de thé en vrac, son trop-plein d'amour. Et à l'heure où j'écris ces lignes, l'une de ses filles, merveilleusement prénommée Dieu, qui exerce la dermatologie à Paris, vient régulièrement soigner, apaiser, pommader, cicatriser la peau, marquée par le temps, saignée par les deuils et négligée par abnégation, de ma mère très âgée. Pour elle, qui est si pieuse, Dieu a des attentions et des gestes filiaux, où je vois se prolonger, comme si la gratitude était héréditaire, le lien exclusif, presque sanguin, qui unissait, à la Salpêtrière, au milieu du siècle dernier, les deux boursiers d'un empire français révolu, le natif de Basse-Pointe, petite ville d'une Martinique d'avant la départementalisation, et l'enfant de la province de Nghê An, dans ce qui était encore l'Indochine.

C'est en effet dans cette région, située dans le nord du Vietnam, où le sol est pauvre et le climat, ingrat, que naquit, en 1911, cinquième d'une fratrie de treize enfants, Hoang Xuan Man. Le père cultivait du riz, des mandarines et des noix d'arec. La mère élevait des cochons et des vers à soie. Studieux et brillant, avide de savoir, Man réussit à intégrer le lycée du protectorat à Hanoï, obtint haut la main le baccalauréat métropolitain, suivit des études de médecine à la Faculté de Hanoï et, grâce à une bourse, partit pour la France, en 1937, afin de se spécialiser en ophtalmologie. Reçu major, l'année suivante, au concours de l'internat de la Fondation Rothschild, il débuta à l'Hôtel-Dieu puis entra, en 1940, dans le service d'ophtalmologie de l'hôpital Saint-Michel tout en préparant le concours de clinicat des Quinze-Vingts, où il fut reçu major. C'est en 1942 qu'il rencontra le professeur Raymond Garcin. Hoang Xuan Man avait compris que sa spécialité gagnerait à être augmentée par la neurologie ; et mon grand-père tenait, pour sa part, qu'« un examen neurologique n'est jamais terminé lorsque le fond d'œil n'est pas fait ». D'abord à l'Hôtel-Dieu, d'où ils assistèrent ensemble aux combats de la libération de Paris et soignèrent les blessés, ensuite à la Salpêtrière, les deux médecins, qui inventaient la neuro-ophtalmologie, ne se quittèrent plus jamais. Ils poussaient la passion de leur science nouvelle jusqu'à poursuivre le soir, rue de Bourgogne, leurs travaux communs – signant Raymond Garcin et H.-X. Man d'innombrables articles scientifiques – et ne s'accordant de pause, m'assure la fille de Man, que pour regarder, à la télévision, des matchs de catch en noir et blanc... Il fallut attendre 1968 pour que mon grand-père obtienne pour son collaborateur, disciple et ami, après trente ans de bénévolat (car, pour l'administration, l'ophtalmologie n'avait pas sa place en neurologie), un poste rémunéré de chef de laboratoire dans son service. Le dévouement de Man était tel qu'il plaçait son sacerdoce bien au-delà des avantages matériels auxquels, pourtant, il aurait pu prétendre. « Mon père, me raconte sa fille Dieu, se contentait d'être ébloui par l'enseignement de celui qu'il appela toujours "Monsieur Garcin", dont il disait qu'"il vibrait devant un beau cas et faisait alors vibrer avec lui tout le service". Il était empli de dévotion, de respect, d'admiration et de reconnaissance, dans une relation d'élève à maître imprégnée de l'enseignement confucéen reçu pendant l'enfance. Et son plus grand bonheur fut le jour où, dans un congrès international, le professeur Garcin déclara : "Si j'ai pu présenter quelques cas à cette assistance prestigieuse, c'est grâce à Man. Il est venu dans mon service pour apprendre la neurologie. Je ne sais pas si je lui ai appris quelque chose en neurologie, mais moi, j'ai beaucoup appris de lui en ophtalmologie". »

Hoang Xuan Man, qui a exercé aux Quinze-Vingts, à l'hôpital de Rambouillet, et dans son propre cabinet du boulevard Saint-Germain, déploya une même énergie au service des exilés vietnamiens (ils l'avaient surnommé « Tonton ») et, à l'époque où il militait contre le colonialisme en Indochine, présida l'Union amicale des Annamites puis l'Association des Vietnamiens de France. Il est mort en 1984, à Paris, entouré de ses cinq enfants – quatre sont devenus médecins –, sans être jamais retourné, durant près d'un demi-siècle, dans son pays natal, dans sa province de Nghê An, dont il louait « le paysage admirable, fait de collines, de rivières, de montagnes et de fleuves impétueux se jetant dans la mer ». Le couple intellectuel et spirituel – le confucianisme ajoutant au catholicisme – qu'il formait avec mon grand-père m'a toujours donné l'illusion que la Martinique était la petite sœur du Vietnam, que les champs de cannes à sucre se confondaient avec les rizières, et la certitude que Paris, où ils ont tous deux vécu, où ils se sont éteints, fut la capitale tempérée de leurs rêves et de leurs regrets mêlés. S'ils sont allés si loin et si haut dans l'abstraction du mystère neurologique, c'est parce qu'ils n'ont jamais oublié d'où ils venaient, de quelle terre moite et chaude ils tenaient leur force tranquille.

9

J'ai eu la chance et le privilège de grandir avec deux grands-pères, paternel et maternel, que j'ai toujours vus, en Normandie comme en Seine-et-Marne, un livre à la main, et plus particulièrement un classique, des *Mémoires* de Saint-Simon aux romans de François

Mauriac, de *Mes pensées* de Montesquieu aux soties d'André Gide. L'enfant et adolescent que j'étais les savait médecins, et même professeurs, et encore académiciens, mais c'était le spectacle saisissant de leurs lectures captivées et captivantes qu'ils m'offraient, l'un enfoncé dans le canapé tendu de jaune du salon de Saint-Laurent-sur-Mer, l'autre assis dans un fauteuil en osier du jardin de Bray-sur-Seine. Au fils, pourtant couvert de papier depuis sa naissance, d'un éditeur universitaire, ils ne montraient pas seulement que la littérature donnait des vacances insoupçonnées à l'intelligence, ils prouvaient aussi que la grande médecine avait besoin, à ses heures de repos, de fréquenter les bibliothèques – les leurs étaient pleines d'œuvres complètes reliées et d'ouvrages plus récents, souvent dédicacés avec l'emphase des siècles cérémonieux. Je ne les voyais pas comme des scientifiques s'offrant un divertissement ; je les regardais comme des humanistes qui se nourrissaient de grands textes et pratiquaient *en plus* la neurologie pour l'un, la pédopsychiatrie pour l'autre. Non sans naïveté, j'avais fini par croire que soigner était moins un verbe transitif que le complément d'objet direct de la lecture, une variante de la poésie, une annexe du conte philosophique, un sous-ensemble flou du grec et du latin anciens. « Si ces deux grands médecins étaient de tels hommes de culture, m'expliqua un jour le professeur Olivier Lyon-Caen, qui dirigea le service de neurologie de la Salpêtrière, c'est qu'ils étaient les derniers à avoir reçu une formation médicale qui se réduisait à la transmission d'un savoir plutôt modeste et, jusqu'au début du XXe siècle, essentiellement empirique. Leur véritable université, ce furent les humanités. Ce qui a favorisé, juste après eux, l'éclosion d'une génération dont on peut dire qu'elle s'est construite contre la culture générale dont la précédente se réclamait. »

Or, l'image, troublante et merveilleuse, de ces grands-pères lettrés et contemplatifs fut si forte qu'elle a dicté, à mon insu, mes premiers choix de romans. À douze ou treize ans, j'ai ainsi dévoré tous ceux du docteur écossais Archibald Joseph Cronin, auteur d'une thèse sur les anévrismes, dont la plupart des titres, de *La Citadelle* au *Destin de Robert Shannon*, du *Signe du caducée* à *Sur les chemins de ma vie*, mettent en scène des médecins des pauvres dans les villes minières et industrielles de la vieille Angleterre. Des romans pas fameux, rédigés dans une prose pastorale, chargés de bons sentiments, pleins de dialogues pontifiants et dont les intrigues manichéennes ne visaient qu'à édifier le lecteur, mais où je retrouvais, à chaque page, des figures familières et des histoires, des drames, des maladies dont j'entendais si souvent parler à table. Et si, à la même époque, j'ai dévoré *Le Chien des Baskerville* ou *La Vallée de la peur*, c'était moins pour Sherlock Holmes que pour Conan Doyle, dont j'aimais qu'il eût été maître en chirurgie, officier de santé à bord du baleinier *Hope* et spécialiste des complications nerveuses de la syphilis. Ce qui, selon moi, mettait beaucoup de rigueur dans les enquêtes de son détective et du poids dans les avis du bon docteur Watson, lequel s'appliquait discrètement à attendrir l'intraitable Holmes. (Il faut d'ailleurs remercier les malades de Portsmouth qui, en boudant ostentatoirement le cabinet du docteur Conan Doyle, lui ont donné le loisir d'écrire les premières histoires du détective privé.) Je me souviens aussi avoir lu, à l'adolescence, *Vie des martyrs*, de Georges Duhamel, et *Morphine*, de Mikhaïl Boulgakov, après avoir appris que ces deux médecins avaient, comme mon grand-père Garcin, servi pendant la Première Guerre mondiale.

En somme, je faisais une confiance aveugle aux écrivains qui, de Rabelais à Victor Segalen, d'Arthur Schnitzler à Miguel Torga, d'Anton Tchekhov à Friedrich von Schiller, avaient revêtu préalablement la blouse blanche. (Je mets à part, car je l'ai découvert plus tard, le docteur Destouches, auteur d'une thèse sur Semmelweis, « le précurseur clinique de l'antisepsie ». Quatre ans avant d'écrire *Voyage au bout de la nuit*, il signa un article dans lequel il préconisait la création d'une « vaste police médicale et sanitaire chargée de convaincre les ouvriers que la plupart des malades peuvent travailler », avant de professer que la médecine était « de la merde ».) Ils possédaient, pensais-je alors, ce que les autres écrivains n'ont pas : la connaissance intestine du corps humain, l'art d'entendre battre les cœurs, le pouvoir de sauver des vies, et même un supplément d'âme. Ils n'étaient pas de purs esprits, qui s'épuisent à de vaines querelles intellectuelles et des concours de rhétorique ; ils avaient du sang sur les mains et un stéthoscope autour du cou, ils étaient utiles à leurs contemporains et savaient de quoi ils parlaient. Sans doute étais-je candide au point d'imaginer que ces romans, ces contes ou ces pièces de théâtre, mes deux grands-pères, que j'héroïsais, eussent pu également les écrire. Qu'ils en écriraient bientôt, eux aussi. Et me les dédicaceraient affectueusement.

L'émotion que, bien plus tard – c'était le 2 avril 2005 –, j'ai éprouvée en rencontrant, dans son petit appartement de Neuville-sur-Saône, le docteur Jacques Chauviré était due non seulement au bonheur intense que ses récits et romans m'avaient depuis longtemps procuré, mais aussi à l'illusion qu'il ressemblait à mon grand-père maternel. L'auteur de *Partage de la soif* et d'*Élisa*, qui allait s'éteindre deux jours après ma visite, avait quatre-vingt-dix ans. Tout au long de sa vie, il s'était consacré, à Neuville et dans la campagne environnante (en un temps où l'autorité communale se partageait entre le curé, l'instituteur et le médecin), à soigner des gens simples, démunis, isolés, et jamais il ne s'était accommodé de leur douleur, de leurs larmes, jamais il n'était parvenu à trouver la mort « admissible ». À ses propres livres, ce catholique fervent, découvert et publié en 1958 par

Albert Camus (autre écrivain révolté qui regrettait, lui, de n'avoir pas été médecin), réservait ses doutes, ses colères et ses questions sans réponses, telle celle-ci : « Le Christ a-t-il souffert d'angoisse ? » La mort, par hydrocution, au début des années cinquante, d'un enfant atteint d'une scoliose et pour le rétablissement duquel il avait préconisé des exercices réguliers de natation hanta le généraliste jusqu'à ses dernières heures : « J'ai eu le sentiment d'être trahi et j'ai pensé qu'une telle épreuve m'interdisait tout bonheur. C'est comme si j'étais voué à illustrer le mythe de Sisyphe. » Lorsque, à l'heure de la retraite, il cessa d'exercer et d'aller « l'hiver, de maison en maison, se réchauffer les oreilles à la poitrine d'enfants fiévreux », Jacques Chauviré arrêta d'écrire. « Je n'ai jamais été, me confiait-il, un écrivain qui soigne, j'ai toujours été un médecin qui écrit. De ne plus être au chevet des malades m'a coupé le sifflet. » Il ne sortit du silence qu'en 2000, avec un bref et lumineux récit, *Élisa*, dédié à la nounou de son enfance, qu'il aima à neuf ans passionnément, comme un homme aime une femme. C'est alors que je fis sa connaissance et que nous eûmes une émouvante correspondance. La dernière fois que je le vis, il me parla de sa foi que le long spectacle de l'affliction humaine n'avait pas abîmée, de son sacerdoce médical et de ses lectures de chevet : Saint-Simon, Jean de la Croix, Racine, Rimbaud et Baudelaire pour son « vert paradis des amours enfantines ». Il portait un costume trop grand pour son corps épuisé, et une cravate. Il était très maigre, respirait mal, se préparait à disparaître sans bruit, le 4 avril au matin, mais il avait gardé l'esprit vif et la mémoire, ingénieuse. Il me semblait, lorsque je lui dis au revoir, mais c'était un adieu, que j'embrassais mon grand-père Clément Launay, qui vécut, alerte et brillant, jusqu'à ses quatre-vingt-onze ans, sans avoir jamais connu la déchéance ni fatigué sa foi en Dieu et en sa vocation : secourir les enfants malades, tout faire pour qu'ils grandissent et soient heureux.

LAISSEZ VENIR À MOI LES PETITS

1

La rumeur prétend que, par crainte d'être soupçonné de favoriser le père de sa bru et de manquer à une probité dont il avait fait sa loi, mon grand-père paternel s'abstint longtemps de plaider pour l'entrée de mon grand-père maternel à l'Académie de médecine. Le second y fut néanmoins largement élu, le 8 février 1972, soit un an après la disparition du premier. Preuve que l'endogamie obéissait, parfois, à des principes déontologiques. Il n'empêche : les deux hommes, que tout opposait, mais dont leurs enfants avaient scellé l'union, s'estimaient beaucoup et, chacun dans son domaine, travaillaient obstinément à pénétrer dans les têtes, à fouailler les esprits, ceux des adultes comme ceux des enfants.

Un été, en Normandie, l'aîné invita son cadet de quatre ans. Je les vois encore palabrer sous un parasol, devant la longue maison crème aux volets blancs.

On eût dit deux sages africains s'échangeant des proverbes – « Aussi haut qu'un oiseau vole, il finit par se poser », « Si quelqu'un fait semblant de mourir, il faut faire semblant de l'enterrer » – et négociant, dans la brise calvadosienne, des plantes médicinales, mauve des champs, calebasse tigrée ou gommier rouge. Ils complotaient pour la bonne cause. C'était comme une association de bienfaiteurs. Je sais pourquoi l'enfant que j'étais, amputé de son double, trouvait si rassurant de les voir ainsi réunis. Sans doute l'occasion était-elle trop rare d'assister au spectacle champêtre de leur énigmatique et savante complicité. Ce camp du Drap d'or donnait une légitimité hautaine et un poids supplémentaire au couple formé par mon père et ma mère. Il accordait aussi, dans un impalpable air de vacances, mes deux côtés, Saint-Laurent et Bray, mes deux origines, l'Île-de-France et l'île de la Martinique, mes deux familles, Garcin et Launay, qui appartenaient au même monde apostolique et médical, mais ne se fréquentaient guère, sauf à l'occasion d'un baptême, d'un mariage ou d'un enterrement. En somme, cet instant d'été me rassemblait.

2

J'avais, je crois, une douzaine d'années. Un soir, à la maison, mon père m'avait fait venir dans son bureau afin de m'expliquer, pour une dissertation que je devais remettre le lendemain à mon professeur de français, la différence, exposée par Pascal dans ses *Pensées*, entre l'esprit de géométrie et l'esprit de finesse. Il avait bien tenté, par l'exemple, de me montrer pourquoi les géomètres « ne sont droits que sur des principes bien éclaircis » et pourquoi, aux fins, il manque « la patience de descendre jusqu'aux premiers principes des choses spéculatives et d'imagination qu'ils n'ont jamais vues dans le monde et dans l'usage ». Puisque, d'évidence, je peinais à distinguer ces deux esprits, il avait alors choisi, en appuyant le trait et en s'éloignant de Pascal, de les hiérarchiser. À la finesse, qui ajoutait la prescience à la science, il avait soudain prêté de nombreuses vertus : la délicatesse, l'intuition, la sensibilité et une disposition naturelle aux beaux-arts, n'octroyant à la géométrie que les qualités, louables mais ordinaires, du raisonneur méthodique et du travailleur appliqué. Pour clore son explication de texte, mon père avait alors sorti, telle une botte secrète, l'ultime métaphore : « Comprends-tu, Jérôme ? Les Garcin ont l'esprit de finesse et les Launay, l'esprit de géométrie. » Fût-ce dit en souriant, ce n'était pas gentil. Raison pour laquelle je m'évertuai ensuite, dans ma dissertation, à démontrer, en pensant très fort à mon grand-père maternel, que pouvaient parfois cohabiter, chez un même homme, la géométrie et la finesse, l'intelligence et le cœur, la spéculation et l'argutie.

3

Paul Launay s'est éteint, emporté par une méchante grippe, le 5 mars 1962, trois mois avant qu'Olivier fût renversé par une voiture. Mon arrière-grand-père avait quatre-vingt-quatorze ans, mon frère et moi allions en avoir six. La concordance des temps est impitoyable, c'est une grammaire impudente. Je me souviens d'Olivier et de moi, tournicotant autour du grand fauteuil en osier où, figé comme une statue de marbre, pétrifié dans sa propre éternité, mon aïeul au visage parcheminé et à la mâchoire saillante somnolait en plein soleil, dans le jardin aux allées serpentines de Bray-sur-Seine. La bâtisse carrée et bourgeoise – en fait un ancien relais de poste qui avait une esthétique de sous-préfecture du XIXe siècle et des communs de très vieille gentilhommière – appartenait à sa bru, ma grand-mère Madeleine Launay, alias Mam. Fille d'Eugène Penancier, maire de Bray-sur-Seine, sénateur de Seine-et-Marne de 1920 à 1935 et garde des Sceaux d'Édouard Daladier en 1933 et 1934 (il était enfermé au Palais-Bourbon, le 6 février, lorsque les Croix-de-Feu du colonel de La Rocque tentèrent de lancer un assaut sur la représentation nationale), Mam avait offert à Pam, son mari, mon grand-père, ce petit empire campagnard baigné par la Seine et ignoré, par volonté municipale, des lignes d'un chemin de fer jugé trop crasseux, enfumé et bruyant. C'est là que, près de Paris, la famille passait à la fois ses week-ends et ses vacances, y reconstituant une manière de phalanstère.

J'ai longtemps ignoré qui était Paul Launay, ce buste vivant posé sur du gravier, avant de lire, sur le tard, l'éloge que lui rendit, dans *La Presse médicale* de juin 1962, mon grand-père Clément Launay. Un éloge si protocolaire, si faussement distant et si réellement respectueux que jamais le fils ne suggérait qu'il y faisait, en vérité, ses adieux à son propre père. Doyen des membres honoraires de l'Académie de chirurgie, Paul Launay était né en 1868 à Rueil, qui était alors, sur la rive gauche de la Seine bordée de guinguettes, un village au milieu des champs, où son père, le docteur Clément Launay, ancien interne des hôpitaux, exerçait la médecine. Mon grand-père portait en effet le même prénom que son propre grand-père, lequel était lui-même le fils d'un officier de santé de Bû (Eure-et-Loir) qui avait fait les campagnes de l'Empire et peut-être croisé, sur les champs de bataille, au milieu des blessés et des agonisants, mon aïeul paternel, le baron Boyer, chirurgien de Napoléon Ier. J'imagine la scène d'un roman uchronique. Les deux hommes se saluent dans la brume opaque des canons de 12 et les hennissements terrorisés des chevaux fous, qui se cabrent. Ils portent le même uniforme de drap bleu national piqué de blanc, avec des revers et parements en velours cramoisi. Ils observent, depuis un belvédère enherbé, la lente procession des armées qui vont s'affronter et savent déjà qu'ils ne pourront pas empêcher cette immense boucherie, où ils seront appelés ensuite à ramasser, parfois raccorder, des morceaux informes plongés dans une immense gadoue de sang. Ils ont l'un et l'autre des garçons prêts à mourir pour l'Empereur et aussi des filles à marier. Juste avant le combat, avant le carnage, ils rêvent de paix et se rêvent patriarches, parlent d'unir leurs enfants, de croiser un jour leurs descendances, de fondre leur histoire dans les siècles à venir. Le soleil va se lever. Ils se serrent la main. Et je glisse la mienne, invisible, entre leurs deux paumes.

Si, du côté Garcin, la lignée médicale se formait par le mariage, en strates horizontales successives, elle s'établissait en revanche, du côté Launay, directement de père en fils, à la verticale. L'escalier à double hélice ou l'échelle à coulisse : deux styles pour deux histoires. L'une était fondée sur l'affinité et l'autre, sur l'hérédité. Ma tante Christiane, sœur aînée de ma mère, qui épousa le docteur Michel Rouillard, généraliste établi à Sens, ainsi que deux de leurs enfants, mes cousins germains Catherine et Philippe, ont d'ailleurs choisi de prolonger la singulière histoire médicale des Launay, laquelle a désormais plus de deux cents ans et n'a pas dit, semble-t-il, son dernier mot.

4

Le premier Clément Launay, mon arrière-arrière-grand-père, à la fois médecin rural et maire de Rueil, s'était illustré, en 1870, pendant le siège de Paris par les armées prussiennes. Rueil se trouvait alors aux avant-postes du camp retranché. Lors des deux batailles de Buzenval, qui opposèrent les soldats français sortis en pagaille de la capitale et les troupes au cordeau de l'intraitable maréchal von Moltke, retranchées sur les hauteurs de Garches, le docteur Launay soigna les blessés sans pour autant cesser de gouverner ses administrés. Ce qui lui valut la croix de la Légion d'honneur et, aujourd'hui, une rue qui, à Rueil, porte son nom. Après sa mort d'une hémorragie par la bouche – vraisemblablement une hémoptysie compliquant une ancienne tuberculose pulmonaire –, son fils Paul Launay s'orienta vers la chirurgie, et plus précisément la chirurgie aseptique, qui était alors révolutionnaire. À la fin du XIXe siècle, on découvrait en effet, au seuil des salles d'opération, les vertus insoupçonnées du lavage des mains, l'usage prophylactique des gants en caoutchouc, mais aussi les remugles gênants des micro-brouillards antiseptiques.

Auteur d'une thèse sur la veine carotide externe, Paul Launay fut nommé chirurgien des hôpitaux en 1899, à trente et un ans. Chef du service d'enfants à Saint-Louis et à Bichat, membre de la Société de chirurgie, il publia l'une des premières observations de plaie du cœur transfixiante, suturée et guérie, décrivit l'arthrodèse du pied dans les séquelles de paralysie infantile et participa à une enquête sur la chirurgie des perforations intestinales dans la fièvre typhoïde. Au début de la Grande Guerre, il prit la tête d'une ambulance du 4e corps et, à partir de l'hiver 1916, constitua l'une des toutes premières ambulances auto-chirurgicales, qui fut bombardée par la chasse allemande pendant la bataille de Verdun. En 1940, alors qu'il s'était mis à la retraite de l'hôpital Cochin, il fut appelé à diriger, à soixante-douze ans, le service de chirurgie de Beaujon et, pendant l'Occupation, continua lui-même d'opérer chaque jour, incapable de ranger ses instruments, défiant le temps sans trembler, fidèle au poste.

Ses dernières années, Paul Launay les consacra lui aussi à lire les *Mémoires* de Saint-Simon – décidément, dans ma famille, le gros livre de chevet monarchique des fins de vie républicaines – et à surveiller les progrès, dans la carrière, de sa progéniture. Il encouragea la passion de son fils Clément pour une discipline, la pédiatrie, qui lui était totalement étrangère et fut ému, sans rien en laisser paraître, par le choix que fit l'un de ses petits-fils, Claude de Gaudart d'Allaines, d'embrasser la chirurgie, donnant ainsi un argument supplémentaire à ce qui avait été sa raison de vivre.

5

Au cours de la Première Guerre mondiale, dans son ambulance, Paul Launay avait en effet été impressionné par la rigueur, l'autorité, le courage et la main très sûre d'un des jeunes chirurgiens qui l'assistaient. C'était François de Gaudart d'Allaines, qui deviendrait plus tard l'un des spécialistes du traitement du cancer du rectum et l'un des pionniers de la chirurgie cardiaque. Huit mois après l'armistice, où il fut décoré de la croix de guerre, il appliqua une méthode déjà familière aux Garcin et épousa, le 12 juillet 1919, la fille de son patron et sœur aînée de mon grand-père, Suzanne Launay. Ils allaient former un couple étrange, auquel j'allais souvent rendre visite dans leur appartement situé boulevard du Montparnasse ou dans leur ravissant château de Lauroy, à Clémont-sur-Sauldre (Cher). Lui, bardé de titres et chargé de grandeurs d'établissement, que le grand âge (il est mort en 1974, à quatre-vingt-deux ans, j'en avais alors dix-huit) et l'élégance des hommes bien nés semblaient rendre encore plus charmeur, fringant et invincible ; elle, rongée par l'arthrose, de plus en plus recroquevillée sur son poids dérisoire, comme pliée en deux, aussi légère qu'un fétu, qui semblait disparaître, sous ses habits noirs, dans l'ombre portée de son époux triomphant. À Lauroy, où le membre de l'Institut, des Académies de médecine et de chirurgie, à qui Sacha Guitry, après avoir été opéré par lui, avait drôlement lancé : « Ah, docteur ! J'ai bien failli vous perdre ! », arpentait au pas de charge son vaste domaine et chassait le gros gibier, ma grand-tante, condamnée au contraire à l'immobilité, ne pouvait accéder au premier étage que grâce à une chaise montante fixée, selon un système inédit et ingénieux, sur le vieil escalier ouvragé. Tandis que Suzanne s'élevait spasmodiquement dans les airs et le ronflement d'une machine qu'aurait pu inventer Jules Verne, François gravissait prestement les marches du XVIIe siècle en haut desquelles, avec des gestes à la Cary Grant, il saluait la compagnie et la jeunesse éternelle. Ce professeur, qui initia et dirigea le centre de chirurgie cardio-vasculaire de Broussais, avait le cœur solide, la grâce et une classe, dont son fils Claude, également chirurgien – faut-il s'en étonner ? –, hérita. Une manière de tact, aussi, qui donne souvent à certains grands praticiens une prévenance et une compassion de prêtre recevant la confession.

Trois ans après la mort de François de Gaudart d'Allaines, je dînais chez celle dont j'allais devenir bientôt le gendre, dans son appartement de la rue de Tournon. Ce soir-là, Anne Philipe, qui n'aimait pourtant pas remuer le passé et avait dit adieu pour toujours au jeune Cid dans un très beau tombeau, *Le Temps d'un soupir*, avait consenti, j'ignore encore pourquoi, à me raconter les dernières heures de Gérard Philipe. Le chirurgien, après avoir diagnostiqué un abcès amibien au foie, devait l'opérer le

9 novembre 1959. Il constata alors, en fait d'abcès, un cancer primaire trop avancé pour justifier une intervention. Le sursis envisagé était si bref – entre un et six mois – qu'Anne choisit de cacher à Gérard la nature exacte du mal et sa gravité. Seule, elle le ramena au 17 rue de Tournon, afin de lui laisser lire, l'esprit serein, *Les Troyennes* d'Euripide, et croire même à une probable convalescence à la montagne ou dans les vignes de La Rouillère, à Ramatuelle. Elle feignit ainsi de lui donner du temps. Elle eut la force et la douleur de mentir à l'homme de trente-six ans qu'elle aimait pour lui épargner l'effroi de sa condamnation et l'angoisse de leur séparation, laquelle eut lieu le 25 novembre, après que leurs enfants, Anne-Marie et Olivier, furent partis, sac au dos, traversant les jardins hivernaux du Luxembourg, petits passants du sans-souci, pour l'École alsacienne. Et elle me donna alors le nom du chirurgien dont les mots, la délicatesse et l'empathie l'avaient aidée à prendre cette décision capitale. Un certain François de Gaudart d'Allaines. Je me souviens lui avoir dit, un peu tremblant, un peu gêné, « c'est mon grand-oncle », et je n'oublierai jamais son émouvant sourire, le long silence qui suivit. Il me semblait, en épousant quelques mois plus tard Anne-Marie, que j'allais entrer dans une famille à laquelle la mienne était liée par le secret médical, même si, ce matin de

l'hiver 1959, la science dut céder devant la tumeur, et le grand chirurgien, devant le grand comédien.

6

J'ignore à quoi tiennent les destins des médecins, mais je suis bien placé pour observer la manière subtile, presque invisible, dont parfois ils se frôlent et se chevauchent avant de s'écarter. C'est à l'hôpital Hérold, où Clément Launay dirigea pendant un quart de siècle le service de pédopsychiatrie, que l'interne Raymond Garcin s'initia à la pédiatrie et caressa un temps l'idée d'en faire sa spécialité. Et c'est à la neurologie que l'interne Clément Launay, instruit par mon arrière-grand-père Georges Guillain à la Salpêtrière, consacra sa thèse, plus particulièrement aux *Formes cliniques et formes anormales de la sclérose latérale amyotrophique*. Après quoi, mes deux grands-pères échangèrent leurs blouses, leurs rôles et leurs carrières. Mais il y eut, dans leur jeunesse, ce moment où je veux penser qu'ils auraient pu se croiser à la Faculté de médecine, se regarder comme deux inconnus appelés à se retrouver un jour et vivre chacun, ensemble, une autre vie.

7

Formé à la pédiatrie dans le service d'Edmond Lesné à Trousseau, puis à la psychopathologie infantile, Clément Launay, mon Pam, ne fut vraiment lui-même qu'en devenant pédopsychiatre. Il avait lu Sigmund Freud, que la plupart de ses confrères s'obstinaient encore à ignorer, mépriser ou réfuter. Il était devenu l'ami de Françoise Dolto, lorsqu'elle s'appelait encore Françoise Marette. Et il avait déjà compris que l'on ne pouvait traiter les enfants en difficulté, voire en détresse, sans définir d'abord la nature des conflits familiaux, des angoisses maternelles ou des absences parentales dont ils étaient, en plongée, les victimes collatérales. Il voulait sans cesse remonter à la source des régressions intellectuelles, des stagnations affectives de l'enfant, de ses troubles du comportement et du langage. Il en cherchait le foyer dans le foyer. Il entreprit même, à cette époque, une psychanalyse, avant de demander à la psychiatrie, qui ne faisait alors pas le tri, de traiter différemment les adultes et les enfants. Des enfants dont, toute sa vie, il étudia les manifestations psychosomatiques : spasme du sanglot, énurésie, anorexie mentale, mais aussi les retards d'élocution, le bégaiement, l'audimutité, la surdité mentale congénitale, la dyslexie, considérant qu'il ne s'agissait pas de troubles neurologiques mais d'anomalies éducatives, liées à un handicap dont l'enfant souffre au moment où il doit apprendre à lire.

Convaincu de l'importance de l'hygiène mentale scolaire, à laquelle il consacra un précis dont mon père fut l'éditeur aux PUF et qu'il enseigna à la Faculté de médecine de Paris, il fonda le premier centre médico-psycho-pédagogique dans le cadre de l'enseignement primaire de la Seine et présida le Centre régional de Paris pour l'enfance et l'adolescence inadaptées, là même où Simone Veil lui remit, le 4 décembre 1975, les insignes d'officier de la Légion d'honneur.

Son autre grande affaire fut l'adoption, son droit et ses devoirs, ses données médicales, psychologiques et sociales, qu'il rassembla, en 1969, dans un livre cosigné avec Simone Veil et le psychanalyste Michel Soulé. Il voulait alors attirer l'attention sur la nécessité, pour les futurs adoptants, de ne pas se méprendre sur leur véritable raison d'adopter : « Le sort de la famille adoptive, écrivait-il, dépend en grande partie de son attitude mentale ; bien des échecs de l'adoption viennent d'une erreur initiale – adoption réalisée par une femme dont le ménage chancelle et qui cherche une compensation affective, ou par des conjoints qui rêvent de remplacer un enfant décédé. Une des principales conditions de succès étant la sincérité dans toute l'attitude des parents adoptifs, il apparaît à l'évidence que ceux-ci doivent élever leur enfant adopté dans sa condition réelle, et en particulier ne pas lui cacher qu'il a été adopté. C'est en grande partie cette nécessité de révéler à l'enfant adopté sa véritable filiation qui m'a incité à rédiger cet ouvrage. »

À l'adolescence, j'allais souvent le retrouver, pour déjeuner, à l'hôpital Hérold, où il avait créé la première consultation spécialisée pour arriérés mentaux. Son petit bureau était tapissé de dessins d'enfants derrière les formes et les couleurs desquels il cherchait un sens, une souffrance dissimulée, une psychose enfouie, une supplique informulée, un aveu différé, alors que j'y voyais, naïvement, une exposition de petits bonheurs arrachés au mélancolique ennui, pour une fillette ou un garçon, d'être séparé de ses parents et cloîtré dans un hôpital. Jamais mon grand-père, si peu clinicien dans son attitude, si naturellement humain, ne laissait entendre que ces dessins étaient des outils thérapeutiques ni même que les enfants, plongés dans des jeux et des livres derrière les baies vitrées, étaient malades. Mais en repartant, je mesurais la chance que j'avais de prendre le bus avec une telle insouciance, et d'être son petit-fils.

8

Dans *Libera me*, son livre de portraits et souvenirs paru chez Gallimard en 2014, François Gibault, l'avocat pénaliste et le biographe empathique de Céline, né en 1932, prête à mon grand-père une charge morale que, selon moi, sa mémoire exagère. Il raconte en effet que, dans un cabriolet décapotable carrossé par le roi du Maroc, sa mère conduisait régulièrement chez le docteur Launay – « il habitait boulevard Saint-Germain avec sa femme, qui aimait la poésie, et leurs trois filles » – ses trois garçons, Jean-Claude, François et Jean-Noël, afin qu'il les traitât « moins sur le plan médical que sur le plan mental ». Et il ajoute : « Il fallait absolument que les enfants de la bonne bourgeoisie prennent le droit chemin pour devenir de bons bourgeois. Qu'ils n'aillent pas succomber au chant des sirènes, ou aux tentations de la pédérastie et voter à gauche. » J'imagine mal mon grand-père, qui avait l'esprit très libéral et avait épousé la fille d'un ministre radical-socialiste appartenant à la gauche démocratique, en directeur de conscience, en curé laïc appelé à la rescousse par des parents rigoristes pour, dans son cabinet, imposer à leur progéniture les principes de l'hétérosexualité et les lois du conservatisme. Tous ses précis et traités pédiatriques témoignent au contraire du souci qu'il avait de favoriser, dès l'enfance, l'originalité de chacun, fût-ce jusqu'à l'extravagance, de seulement préparer le petit d'homme à exercer plus tard sa pleine liberté, et de ne jamais empêcher un destin de s'accomplir.

À cet égard, si l'on observe l'austère et séditieux François Gibault, ancien lieutenant du 8e hussards devenu une manière d'anarchiste de droite qui aima les hommes serpents et les femmes à barbe, fut l'ami de Françoise Sagan et l'autre amour de Bob Westhoff, le pygmalion des 2Be3 et le défenseur du colonel Kadhafi, qui admire à la fois Dubuffet et Rebatet, regrette de ne s'être jamais produit dans un cirque, écrit des poèmes et loge en l'hôtel de Saint-Simon hérité, avec la voisine Pagode, de sa famille, il me semble que mon grand-père n'a pas vraiment raté l'éducation « mentale » du petit François Gibault. Dans son livre, et non sans humour, ce dernier le reconnaît volontiers : « La première démarche de Clément Launay était de me faire mettre nu et la seconde de me faire effectuer toutes sortes de tests, toucher mon oreille droite avec ma main gauche, lever un pied puis l'autre, marcher à reculons, regarder en l'air, faire demi-tour, toutes manœuvres que j'effectuais sans difficulté mais dans la crainte qu'une érection ne vienne troubler ces exercices, événement qui ne manquait pas de survenir au plus mauvais moment, quand ma mère entrait dans le cabinet du docteur ou juste avant qu'elle en sorte. Ces visites me donnaient l'impression, plutôt agréable, que je n'étais pas comme les autres. Le docteur Launay n'a heureusement changé ni mes côtés normaux ni les aspects de ma singularité que je n'échangerais pas contre tout l'or du monde. »

9

En vérité, pas plus à Hérold que chez lui, au cinquième étage du 189 boulevard Saint-Germain, où il recevait, avec leurs parents, des petits en difficulté ainsi qu'une kyrielle de postulants à l'adoption, Pam, seul homme de la famille à porter la moustache, une moustache piquante et abrasive, ne nous donnait l'impression de travailler. Il n'avait ni un caractère industrieux ni un physique laborieux. Cela tenait-il à sa spécialité, qui ne réclamait aucune machinerie, qui était seulement fondée sur le dialogue avec les tout-petits et sur leur écoute, ou plus simplement à sa nature, effacée et modeste ? Il semblait dans son métier comme dans la vie ordinaire. Même lorsque, la valise remplie de grandes boîtes de caviar qui m'évoquaient des boîtes d'asticots pour la pêche, il revenait de Téhéran, où il avait été appelé pour soigner les enfants du chah – chez lui, la politique passait bien après la thérapeutique –, il donnait l'impression d'avoir fait un banal voyage touristique, il exprimait le plaisir et le privilège d'avoir vu du pays. Il était d'abord soucieux d'être heureux. Alors que mon grand-père paternel, enrobé et misanthrope, avait tout sacrifié à son labeur et à son devoir, mon grand-père maternel, maigre et philanthrope, débordait d'activités physiques. À Bray, où, ignorant la fameuse cravate Garcin, il portait la chemise ouverte et des pantalons usés en velours côtelé, et où je crois ne l'avoir jamais vu s'enfermer pour travailler, il jouait en dilettante au tennis, au ping-pong et aux échecs, faisait du vélo, courait acheter son *Figaro* quotidien et le saint-honoré dominical, nageait dans la Seine en mode brasse indienne, marchait, jardinait, plantait, déplantait, montait sur les échelles pour arracher le lierre, en tombait aussi, et nargua longtemps son âge et le temps. C'était un homme pressé, jusque dans sa parole, qui galopait, impatiente et nerveuse, derrière sa pensée en mouvement et ses idées en pagaille. Si d'aventure on lui reprochait de parler trop vite, il prétendait, en riant, qu'il avait une mâchoire trop large pour une bouche trop petite. Et regrettait que j'eusse la même.

Lorsque vint l'heure de la retraite, il doubla sa consommation de livres, avec une prédilection pour l'Histoire, consacra des journées entières aux parties de bridge et d'échecs, et surtout reprit le violoncelle de sa jeunesse, qu'il avait négligé et laissé s'empoussiérer dans un placard. Contrairement à sa tempétueuse sœur, Denise Launay, qui était maître de chapelle, spécialiste de la musique baroque et organiste en l'église Notre-Dame-de-Lorette (elle l'était aussi chez elle, rue d'Aumale, où, au grand dam de ses voisins, elle avait fait construire un orgue tonitruant dans une pièce à lui seul dévolue), il ne jouait pas très bien, mais il mettait une telle énergie et une si touchante gravité à être juste qu'il finissait, fronçant en même temps les sourcils et la moustache, par s'accorder avec ma mère au piano et mon oncle au violon afin de donner, dans le salon de Bray-sur-Seine dont les énormes camions de la pestilentielle sucrerie voisine faisaient méchamment vibrer les vitres, des trios de Beethoven ou de Schubert que la famille applaudissait avec un peu d'indulgence et beaucoup d'empathie.

Mon grand-père est mort le 26 septembre 1992. Son cœur généreux a lâché. J'étais en Normandie lorsque, d'une voix étrangement calme et douce, ma grand-mère me l'annonça au téléphone. Je me suis aussitôt inquiété d'elle, qui ne vivait que pour lui et par lui. J'ai oublié les mots maladroits que je lui ai dits, mais je me souviens de sa réponse, qui sonnait comme une évidence : « Ne te fais pas de souci, mon chéri. Tout va bien. Je suis tranquille. Pam est parti comme on s'endort. Il a rejoint Dieu et je vais le rejoindre. J'espère que tu as du beau temps. Je t'embrasse fort, mon chéri. »

Quelques heures plus tard, alors qu'elle n'était pas malade, Mam s'est à son tour endormie, avec ce que j'ose appeler le sourire de la sainteté. Elle ne voulait pas laisser son homme partir seul vers l'autre rive, elle ne voulait pas rester seule sur la nôtre. Elle a commandé à son cœur de s'arrêter de battre, impatiente de donner la main à Pam – « Dépêche-toi, Madeleine, on va encore être en retard ! » – et de se présenter, telle une jeune mariée, devant son Dieu, qui fut son autre époux. « Ce couple hors du commun, écrit François Gibault, s'aimait au point de mourir le même jour. » Leurs deux cercueils étaient parallèles devant l'autel de cette église Saint-Séverin où ils s'étaient mariés et où, à l'âge de sept ans, ma grand-mère Penancier avait échappé à la vigilance de son père franc-maçon et bouffeur de curés pour aller, en cachette, faire sa première communion. Nous les avons enterrés ensemble dans le cimetière de Bray-sur-Seine, juste à côté de la tombe où reposent mon père et mon jumeau. Un seul nom : « Launay » et, en dessous, leurs prénoms : « Clément 1901-1992. Madeleine 1905-1992. »

10

Dieu que je les ai aimés, Pam et Mam, mes inséparables. Ils avaient la grâce sauvage des couples idylliques. Ils mêlaient la gourmandise des hédonistes à la spiritualité des pèlerins, un pied dans la cuisine de Colette, l'autre dans la sacristie de Mauriac – *La Naissance du jour* et *Le Baiser au lépreux*. Ensemble, ils exhalaient un parfum d'éternité. Ce qui les souciait, les peinait, ils ne le montraient jamais, réservant aux prières quotidiennes et à la messe dominicale leur désarroi après la mort d'Olivier ou les inquiétudes que l'avenir des uns ou la santé des autres pouvaient susciter. À leurs trois filles et leurs treize petits-enfants, ils ne voulaient donner que le spectacle du bonheur. À Bray, autour de la longue table que traversait, en son milieu, sur des rails en bois, une manière de chemin de fer en guise de passe-plats, Mam attendait rituellement la fin du plantureux repas pour caresser de la main le crâne chauve de son homme, qui affectait bien sûr d'en être exaspéré – « Arrête, Madeleine ! » –, et pour lui exprimer, en public, son débordant amour.

Vivre, selon mes grands-parents, devait être une fête permanente, dans ce que l'écrivain Henri Ghéon, lui aussi natif de Bray, appelait « la Plaine de France », et qui n'était pas gaie, avec ses champs uniformes à perte de vue, son morne horizon, ses étendues crayeuses sans vaches ni chevaux, dont jamais un village perché, une colline inspirée, une forêt profonde ou un vallon fruitier ne venaient rompre la plane ordonnance, mais qu'ils métamorphosaient, tels des magiciens, en pays de Cocagne. C'étaient les déjeuners sur l'herbe, les promenades en chantant sur les chemins à silex des bois de La Bassée, les baignades amniotiques dans les sablières vert olive du Montois, les retraites aux flambeaux, la foire à l'ancienne des bords de Seine, les parties de croquet d'un autre siècle, les jeux de société, les lectures à haute voix par Mam – dont la diction parfaite valait celle des sociétaires du Français ou des écrivains chenus, interrogés aux débuts de la TSF – des grands albums de *Babar* ou des vieux volumes rouges de la comtesse de Ségur, les cueillettes généreuses de cerises bigarreau et de groseilles à maquereau dans le jardin de Luquin, les airs de Mozart rythmés par les cloches de la collégiale Notre-Dame, qui sonnait les heures et les demi-heures, et cette foi joyeuse, claironnante, expansive, comme une réplique ensoleillée à la foi ombreuse et austère des Garcin. « Ils ne consolaient pas, ils étaient présents, dispensant la tendresse, exprimant l'espérance », devait dire de mes grands-parents le professeur Didier-Jacques Duché, en conclusion de son éloge de Clément Launay, ce « Juste », à l'Académie de médecine. « Les connaître, c'était les aimer. Chrétiens sans ostentation, ils vivaient les béatitudes. »

11

Je me suis toujours demandé, sans l'avoir jamais interrogé sur ce sujet, comment mon grand-père, ce pédopsychiatre dont toute la vie avait été vouée à l'observation et au traitement des maladies infantiles, à étudier les troubles du langage, de l'alimentation, du sommeil, de la lecture, de l'écriture, du développement de la personnalité, de la puberté précoce ou de l'affectivité, et dont l'œil était devenu endoscopique, pouvait voir jouer, courir, grandir ses nombreux petits-enfants sans porter sur eux le regard perçant du spécialiste, sans s'interroger sur le retard scolaire de l'un, les phobies ou les mutismes d'un autre, et comment le patriarche au vert parvenait à raisonner les scrupules et les tourments du médecin, dont l'intelligence du diagnostic ignora jusqu'au bout l'âge de la retraite. Si Pam, contrairement à Papi, n'avait pas besoin d'un bureau pour faire travailler son cerveau, il continua, j'en suis convaincu, à mener, chez les siens, son investigation opiniâtre, à poursuivre l'œuvre de sa vie. Et quand, parfois, son beau sourire se figeait et que passait, sur son visage, un voile sombre, je suspectais alors l'auteur du *Précis de médecine infantile* d'importuner, de bousculer le grand-père jardinier et violoncelliste.

Je le vois encore, au volant de sa petite Peugeot, sur la route qui, entre Nangis et Donnemarie-Dontilly, nous conduisait à Bray. Ma grand-mère est à ses côtés. Sur la banquette arrière, je suis seul. J'ai une dizaine d'années. Ai-je alors posé une question à mes grands-parents ? Je ne sais plus. Mais voici que Mam me raconte le garçon que j'ai été dans les mois qui ont suivi la mort d'Olivier, me décrit très précisément ma détresse, ma sidération, mon repliement, mes jeux solitaires, mes crises d'angoisse, mes insomnies, mes appels au secours, et aussi ma manière bravache de dévorer la vie, de manger pour deux, de feindre d'ignorer le drame qui, en me traumatisant, m'a métamorphosé au seuil de mes six ans. Elle me montre soudain celui que, avec autant d'amour que d'anxiété, elle n'a cessé d'observer et de materner, mais que j'ignore – ou que je veux ignorer – avoir été. Sans doute me juge-t-elle digne, maintenant, de savoir. Et pendant qu'elle parle longuement, doucement, j'épie, dans le rétroviseur, le regard de Pam, j'écoute le silence du médecin qui a consacré des pages à la découverte de la mort pour un enfant, à la perte d'un frère, au langage et à la séparation violente des jumeaux, mais qui laisse sa femme dire ce qu'il est incapable de dire, comme si son émotion faisait taire sa science, sur cette route droite où, quelques années plus tôt, un chauffard a renversé son petit-fils et tué, sans s'arrêter, mon double éternel.

12

D'ailleurs, les médecins de ma famille, au premier rang desquels mes deux grands-pères, n'ont jamais voulu, fût-ce pour des maladies bénignes, soigner les leurs. Ils préféraient laisser cette tâche à leurs confrères de quartier ou à ceux qu'ils appelaient des « spécialistes ». Ils craignaient sans doute d'être embarrassés par leurs sentiments, comme si, à l'instant de rédiger une simple ordonnance ou de faire une piqûre, l'affectivité eût ébranlé leur savoir et menacé leur compétence. Médecins, certes ils l'étaient, et en majesté, à la Salpêtrière ou à Hérold, mais pas chez eux, où ils donnaient l'impression de ne même pas disposer d'une simple trousse d'urgence et d'ignorer jusqu'à la petite armoire à pharmacie. Leur métier ne passant jamais la porte de leur domicile, ils se présentaient à nous comme des hommes qui revenaient du bureau, en costume et sans blouse blanche, une sacoche de vieux cuir à la main. Petit, au prétexte qu'on leur accolait le mot de professeur, je croyais qu'ils consacraient l'essentiel de leurs journées à enseigner. En somme, je ne les voyais pas comme des docteurs. Il leur manquait le stéthoscope autour du cou, le tensiomètre à la main, de sentir l'alcool à 90° et de consentir à nous ausculter. Ainsi ai-je grandi avec l'illusion, incarnée par mes deux grands-pères, que la médecine, à laquelle seuls *les autres* faisaient appel, était un art, une recherche, une philosophie, accessoirement une grandeur d'établissement, mais qu'elle ne s'embarrassait pas des affections ordinaires, des afflictions quotidiennes. Elle traitait plutôt, dans de lointaines et mystérieuses institutions, des cas d'exception et des syndromes si rares qu'on leur avait donné, ainsi qu'on baptise une nouvelle planète, les noms de mes aïeux. Elle travaillait moins à guérir qu'à se réinventer elle-même. C'était une médecine altière et spéculative, détachée du réel, où l'on tousse, boite, saigne, renifle et s'alite. Du moins est-ce ce que je croyais, puisqu'ils exerçaient loin de chez nous et que l'on s'enfiévrait sans eux.

Or, la chance a voulu que, dans ma vie, j'aie échappé aux maladies et aux accidents qui frappaient les miens, en rafale. Même l'appendicite et l'ablation des amygdales m'ont été épargnées. À peine quelques grippes. Et d'anodines fractures de côtes et de clavicule occasionnées, à l'obstacle, par la pratique assidue de l'équitation. Une déconcertante bonne santé, qui m'a longtemps conforté dans l'idée que les hôpitaux, à l'écart desquels j'ai fini par vieillir, étaient d'inquiétants territoires étrangers, de secrètes principautés sur lesquelles mes aïeux avaient régné autrefois, mais où, sans évidemment m'en plaindre, je n'avais pas ma place, du moins pas encore. Comme la médecine abstraite personnifiée par Papi et Pam, ces lieux étaient des allégories. D'où le choc contondant que j'ai éprouvé chaque fois que j'y suis entré pour aller rendre visite à des proches ayant subi une intervention ou devant passer une batterie d'examens. Soudain, la littérature familiale, avec son cortège légendaire de mandarins glissant délicatement de lit en lit et formulant des aphorismes optimistes, s'effondrait derrière des vitres teintées, devant le spectacle de la souffrance, la violence des salles de réanimation, la symphonie plaintive des soupirs et des râles. La maladie était une saleté.

Même la mort, qui a marqué mon enfance et ma jeunesse, je ne l'ai jamais vue à l'œuvre. Mes parents, afin de me ménager (j'ai presque envie d'écrire : me gracier), m'envoyèrent à la campagne pendant les semaines interminables où, sur son petit lit d'hôpital, plongé dans un coma sans retour, mon frère jumeau pénétrait, impassible et transparent, dans la grande forêt des ombres. Et j'arrivai trop tard lorsque mon père, transporté à la Salpêtrière après sa chute de cheval, exilé dans le même coma que son fils, sauta les yeux fermés son ultime obstacle et passa, rênes longues, de l'autre côté. J'ai vu partir mes morts sans pouvoir leur dire adieu ; dans ma mémoire, ils sont allés directement de la maison au cimetière, et du rire éclatant au silence tumulaire.

Je suis le petit-fils de deux grands médecins et je ne sais donc rien de l'hôpital, qui est la capitale de ce livre, qui fut la seconde demeure de mes grands-pères et de leurs aïeux, la dernière escale sur terre de mon frère et de mon père, mais où je n'ai jamais été admis, comme si une main supérieure, invisible et anonyme m'en interdisait l'accès. C'est ma mère qui, rattrapée par l'âge et ses tracas dont elle semblait se jouer, a fini, contre son gré, pauvre Maman, par m'en ouvrir les portes, sur le tard. Plusieurs fois transférée aux urgences de Cochin ou de Provins, conduite d'un service à l'autre, de la réanimation jusqu'à la gérontologie via la médecine générale, elle m'a familiarisé avec ces lieux magnifiques et effrayants que je ne connaissais pas, où l'on empêche ceux qu'on aime de disparaître, où l'on fait tout pour nous les rendre entiers et vaillants, où les mères courageuses font de la résistance. La mienne n'aime rien tant que d'entendre un interne, penché sur le lit médicalisé où elle attend des soins, lui demander si, par hasard, elle aurait un lien de parenté avec

Raymond Garcin. « Tu vois, me dit-elle alors avec le sourire, on n'a pas oublié Papi. »

13

Je me souviens que, à la fin de l'adolescence, je voulus ajouter à mon patronyme celui de mon grand-père maternel, qui disparaîtrait pour toujours avec lui, ses trois filles ayant pris le nom de leur mari, Rouillard, Garcin et Demargne. Je m'en veux encore d'avoir cédé devant les complications administratives, car Pam, à qui je m'ouvris alors de mon projet, me serra dans ses bras pour me signifier sa joie, et il devait ensuite, plusieurs fois, s'inquiéter de savoir si « les choses avançaient », si le *Journal officiel* allait publier ce « rectificatif ». Non seulement je n'ai pas réalisé son souhait le plus profond, dont témoigne l'une de ses dédicaces : « À mon cher petit-fils et ami Jérôme, au futur médecin, peut-être » (ce « peut-être » voulait dire « j'espère »), mais j'ai aussi laissé passer, par paresse et négligence, l'occasion de signer Jérôme Garcin-Launay mes premières tribunes dans la presse. Je ne lui ai pas donné cette consolation et je n'ai pas fait ce geste qui eût scellé l'union de mes deux familles du caducée à la manière de la couleuvre d'Esculape qui s'enroule voluptueusement autour du bâton d'Asclépios.

LE VIEIL HOMME ET L'ENFANT

Le 9 juillet 1962, deux jours exactement après la mort d'Olivier, Raymond Garcin, un peu plus courbé et empêché qu'à l'ordinaire, préside, à Anvers, le congrès de psychiatrie et de neurologie, dont il prononce, sur le thème de la vocation, le discours inaugural devant un ministre d'État, un gouverneur, d'éminents spécialistes et beaucoup de jeunes internes.

Cet homme de soixante-cinq ans, qui vient de perdre et d'enterrer en Seine-et-Marne son petit-fils d'à peine six, ne laisse rien paraître de sa détresse et de son effroi. A-t-il d'ailleurs jamais montré ce qui le troublait, l'ébranlait, le brûlait, lui dont l'exigence de pudeur, le devoir de réserve et le principe d'abnégation avaient fini par recouvrir, d'un invisible voile, l'imposante stature ? Et pourtant, dans ce long discours, sans doute le plus beau qu'il ait jamais proféré, qu'il avait rédigé avec des pleins et des déliés, dans une prose appliquée de hussard noir, mon grand-père paternel laisse discrètement parler son cœur blessé. Il célèbre la vocation, cette enfance de l'art, et un ange passe, qui a, pour lui seul, au milieu d'une assemblée trop sévère, trop figée, le visage émacié et gracieux de mon jumeau à la destinée si brève. Olivier à qui fut refusé l'appel de cette vocation dont, redevenu Papi, le professeur Garcin donne, à la tribune, une définition sacerdotale : « C'est une inclination, un élan joyeux qui conduit, en fonction des goûts et des aptitudes, vers un genre de vie particulier où l'on pressent, indépendamment de toute considération d'intérêt matériel et dans le seul exercice de la profession choisie, des satisfactions intérieures en rapport avec l'idéal que l'on porte en soi. » Il ajoute aussitôt que « la vraie vocation ne se mesure pas à la réussite, au sens mondain et social où on l'entend, elle trouve sa récompense en elle-même ».

Ce qui a poussé autrefois le tout jeune Martiniquais à choisir d'apprendre à soigner, à venir en aide aux souffrants, à entrer dans les ordres de la compassion, il ne le révélera pas, en ce jour de l'été flamand où, en même temps, il cache le deuil d'un petit garçon et exalte l'impérieux désir d'avenir. Toujours cette même retenue, cette indisposition naturelle à se mettre en avant, ce besoin d'en appeler à des écrivains et philosophes auxquels, par humilité et au nom des humanités, il délègue son autorité et confie ses secrets – ici le La Bruyère des *Caractères*, le Balzac du *Médecin de campagne*, Émile Faguet, Georges

Canguilhem, Jean Guitton, Aldous Huxley ou encore Albert Camus, dont il récite haut et fort, sans la lire, la dernière page de *La Peste*, où ceux qui, « ne pouvant être des saints et refusant d'admettre les fléaux, s'efforcent cependant d'être des médecins ». Son discours sur la vocation est un plaidoyer pour la charité, et l'occasion, pour lui, neuf années avant sa disparition, d'exprimer l'essence spirituelle de tout engagement médical, qui est de « porter secours à son semblable, entourer de respect et de bonté celui qui se confie à nous. La base de la médecine est l'amour. Pauvre de cœur, si intelligent soit-il, un être d'élite fera peut-être un savant remarquable, mais un médecin médiocre ». À l'un d'entre eux, qui déplorait l'abattement moral du malade dont il avait la charge, le Prix Nobel Charles Nicolle avait répondu : « Lui avez-vous pris la main, au moins ? » C'est Georges Duhamel qui avait rapporté à mon grand-père ce mot magnifique, dont il avait fait sa devise et son ordonnance.

Il croyait en effet, bien avant la prescription des médicaments, à la vertu des gestes les plus simples, aux verbes essentiels, toucher, écouter, parler, accompagner, soulager. Il s'inquiétait de l'inéluctable déshumanisation de sa discipline et de la disparition programmée du médecin de famille, de campagne, de proximité. Il pensait qu'aucun examen complémentaire ne saurait suppléer l'expérience clinique acquise au contact charnel des malades. Il tenait encore du catéchisme de son enfance que le Bien peut terrasser le Mal. Il regrettait de ne pouvoir « faire oraison, ne serait-ce qu'une heure par jour », et qu'il n'y eût pas, dans chaque hôpital, un cloître où le chercheur pourrait « se consacrer, dans le silence, à la méditation solitaire d'où jaillit parfois l'étincelle créatrice ». Il avait la foi en son service et en autre chose encore, qui est au-delà des apparences et de la mort ordinaire. Dans ce discours inspiré, il rappelait que l'exercice de la médecine est un peu plus qu'une profession, un peu moins qu'une ordination, et qu'il se situe entre les deux, là où le don de soi frôle la grâce et où il advient parfois que le praticien, ce prêtre laïc, fasse des miracles. Il mettait aussi en garde les prétendants à la charge : « Le médecin risque de voir grandir ses enfants, pourtant sous le même toit, sans les bien connaître », exprimant un remords que son dévouement aux malades ne suffira jamais vraiment à effacer. « Et l'on ne s'étonne pas, ajoutait-il en pensant à ses quatre garçons, dans maintes familles où la médecine était le plus héréditaire des métiers, de voir les fils fuir la carrière du père, dont le surmenage quotidien leur inspire précocement un irréductible détachement. Ce qu'ils ne savent pas, trop jeunes encore pour en imaginer la saveur, c'est la plénitude des joies affectives qu'au soir de sa longue journée le médecin peut goûter au souvenir de ce qu'il a pu faire d'utile, au-delà des soins exacts que réclamaient les misères du corps :

avoir apaisé les inquiétudes d'une mère, apporté quelque réconfort dans un foyer bouleversé, ranimé l'espoir de ceux qui n'en avaient plus ; en un mot, avoir fait son métier. »

Olivier n'est pas sorti du coma, il s'est éteint comme un feu dans la nuit, la médecine a capitulé, le 7 juillet 1962, au chevet de ce petit corps immobile, léger comme un ballon d'enfance que le ciel aspire. Mais, côte à côte dans la mémoire des hommes, mes deux grands-pères n'ont pas cessé de vouloir sauver leurs contemporains, ils ont continué de prier et de célébrer « une profession noble, grande et triste entre toutes ». Sans s'avantager, ils ont fait leur métier. Je fais le mien, je crois, en me souvenant d'eux.

L'AUTRE SYNDROME

Avec le temps, on voit parfois de grandes familles s'abîmer, des lignées exemplaires se désaxer et l'excellence se fatiguer, comme titubent et s'éventrent, sur des pelouses chardonneuses aux herbes devenues folles, les belles demeures séculaires, que les descendants ne peuvent ni ne veulent plus entretenir. Trop rouillées, les chaînes d'ADN finissent par se briser et, se brisant, révoquent l'idée admise selon laquelle bon sang ne saurait mentir. Le mérite n'est pas atavique, pas davantage la grâce ou l'aspiration à la perfection. On ne compte plus les lointains héritiers des princes ou des célébrités qui tombent dans la misère, font la plonge, la manche, le mort, ou portent des couronnes en carton et des sceptres en papier mâché derrière les hauts murs des asiles psychiatriques.

Il arrive aussi que, rongée par une affection indéterminée, dérangée par une bizarrerie venue d'on ne sait où, la belle machine généalogique se grippe et que le blason se ternisse. Tant d'efforts pour s'élever, et, soudain, l'irrémédiable déclin. Tant de réussites méthodiquement transmises peuvent être suivies d'échecs, reproduits avec une mystérieuse constance. La disposition au prestige, et puis l'obstination dans le désastre. C'est l'inversion de la courbe, la rupture de la geste, le crépuscule des dieux. Il existe ainsi, à la Pitié-Salpêtrière, mais à l'exact opposé de la Division Mazarin où exerça mon grand-père, un bâtiment gris, presque négligé, donnant sur le boulevard Vincent-Auriol, qui est dévolu à la consultation génétique, et dont la dépendance, plus moderne, est réservée aux psychologues chargés d'accompagner les malades héréditaires. On y entre en longeant les murs, on en sort le front bas. C'est là qu'un homme, auquel j'aurais pu ressembler, et que rien ne prédestinait à s'inquiéter un jour de ses origines, a appris, au printemps 2010, la mauvaise nouvelle. Une analyse a montré en effet qu'il portait une prémutation du gène d'un méchant syndrome, dont certaines caractéristiques comportementales, avec troubles du langage, déficit intellectuel, impulsivité, anxiété, asociabilité, s'apparentent à l'autisme, et contre lequel n'existe aucun traitement. À ce gène, il doit de pouvoir, à une date indéterminée, et sans qu'on puisse prédire leur évolution, développer, notamment, des troubles neurologiques. Ce syndrome, dont la première description clinique date de 1943 et la reconnaissance du mécanisme moléculaire, de 1991, est réduit à une seule, une énigmatique lettre, auquel nul professeur, nul chercheur n'a souhaité, comme s'il craignait secrètement la contamination, accoler son patronyme.

Transmise du côté maternel et amplifiée au fil des générations, cette anomalie génétique a déjà frappé, gravement, certains des siens, dont il a longtemps observé les égarements, les absences, les différences, les souffrances sans en comprendre l'origine pathologique avant d'effectuer, à la Salpêtrière, l'étude qui a fini par livrer son irréfutable et implacable résultat, en même temps qu'elle le libérait, sans qu'il en fît état, d'un terrible poids. Car son grand mérite est de permettre désormais, en alertant les femmes en âge de procréer, en effectuant des tests prénataux et en surveillant jour après jour les grossesses à risque, d'enrayer la sournoise propagation d'une affection autrefois indistincte, aujourd'hui identifiée. Et de tordre le cou à ce que, avec soumission, les croyants veulent appeler la fatalité. Or, si l'on ne guérit pas de ce syndrome, du moins peut-on le prévenir. Et ainsi détourner le cours, que l'on craignait irréversible, d'un destin familial.

C'est le grand avantage de la médecine génétique sur la littérature autobiographique, de la recherche des affections obscures sur celle du temps perdu. La première travaille à corriger ce que la seconde se complaît à regretter. De l'adversité, l'une fait une promesse et l'autre, une complainte. Car les grands cliniciens ne s'embarrassent pas de ce qui paralyse les écrivains : la nostalgie, cette maladie intestinale du ressassement, cet égoïsme pathologique, cette phobie de l'avenir, que le temps aggrave avec son cortège de fantômes claudicants, ses albums de photos jaunies, ses effluves de parfums éventés et ses images de vieux murs mal étayés, qui s'effondrent. Tandis que la littérature choisit, sans oser se l'avouer, de très longs détours bordés d'adjectifs en pot, de métaphores en jardinière, afin d'aboutir à un secret capital, et de le lever, la médecine s'applique, dans l'ombre, à résoudre les énigmes, à épargner des vies non seulement aujourd'hui, mais aussi demain. Il m'arrive de rêver d'une discipline hybride qui emprunterait aux deux, la mélancolie des gens de lettres et la science des thérapeutes, qui réconcilierait le regret et l'espoir, qui offrirait d'être fidèle à son passé et à son futur.

Peut-être n'ai-je décidé aujourd'hui de remonter loin dans le temps de mes aïeux et d'appeler à la rescousse les grands médecins dont je descends que pour donner raison à l'avenir de ceux que j'aime et les décharger de tout ce qui a encombré les générations précédentes. Finalement, on écrit pour se rassurer et, en feignant de les ordonner sur la page et de les maîtriser dans sa tête, pour calmer ses frayeurs. Et pour rendre présentable ce qui ne l'est pas toujours. Il est si exaltant de glorifier les morts héroïques, au sommet du Vercors, d'un écrivain stendhalien de la NRF en vareuse ou, dans sa tranchée boueuse du Chemin des

Dames, d'un poète bordelais de vingt-sept ans qui rêvait de prendre la mer, si réconfortant de croire à l'indéfectible joie de vivre d'un aveugle qui fut déporté à Buchenwald et de réinventer l'ultime reprise, aux trois allures, sur son éblouissante jument, d'un vieil écuyer sans jambes. Même à mes morts, mes jeunes morts, j'ai voulu rendre le sourire, la santé et la paix des prières. À mon frère, la légèreté d'un ange aux ailes protectrices ; à mon père, celle du cavalier en équilibre derrière lequel, apaisé, je galope encore. Il n'y a pas de place, dans mes tombeaux de papier, pour ce qui enlaidit, ce qui difforme, ce qui torture, ce qui fait mal, ce qui se décompose et pourrit. Pas de place non plus pour les maladies chromosomiques ou je ne sais quelles défaillances organiques. Je n'en finis pas de courir après un rêve de réconciliation, d'harmonie et de prospérité. Et je revendique, par écrit, cette innocence.

Quelle consolation ou quelle argumentation, enfin, suis-je donc allé chercher en visitant cette dynastie de mandarins ? Peut-être l'idée toute simple que si soigner, c'est sauver des vies, écrire, c'est les prolonger. Il fait beau, allons au cimetière, préconisait Emmanuel Berl. Et rappelons-nous à la mémoire de ceux qui, même disparus, ne nous ont pas oubliés.

LES LIVRES ONT UN VISAGE, Mercure de France, 2009. Folio nº 5134, édition augmentée.

GALOPS, PERSPECTIVES CAVALIÈRES II, Gallimard, 2013. Folio nº 5622.

LE VOYANT, Gallimard, 2015 (prix littéraire de la Ville de Caen ; prix Nice Baie des Anges ; prix Relay des voyageurs ; prix d'une vie Parisien-Magazine ; prix Robert Joseph des Écrivains combattants). Folio nº 6115, édition augmentée. Folio+Collège nº 27, présentation et dossier de Marianne Chomienne, CD : coll. « Écoutez lire », lu par Laurent Poitrenaux.

NOS DIMANCHES SOIR, Grasset, 2015. Folio nº 6375.

Journal

CAVALIER SEUL, Gallimard, 2006. Folio nº 4500, édition augmentée.

Correspondance

FRATERNITÉ SECRÈTE, CORRESPONDANCE JACQUES CHESSEX-JÉRÔME GARCIN, Grasset, 2012.

Dialogues

ENTRETIENS AVEC JACQUES CHESSEX, La Différence, 1979.

SI J'OSE DIRE, ENTRETIENS AVEC PASCAL LAINÉ, Mercure de France, 1982.

L'ÉCOLE BUISSONNIÈRE, ENTRETIENS AVEC ANDRÉ DHÔTEL, Pierre Horay, 1983.

DE MONTMARTRE À MONTPARNASSE, ENTRETIENS AVEC GEORGES CHARENSOL, François Bourin, 1990.

Direction d'ouvrages

DICTIONNAIRE DE LA LITTÉRATURE FRANÇAISE CONTEMPORAINE, François Bourin, 1988. Édition augmentée : DICTIONNAIRE DES ÉCRIVAINS CONTEMPORAINS DE LANGUE FRANÇAISE PAR EUX-MÊMES, Fayard-Mille et une nuits, 2004.

LE MASQUE ET LA PLUME, avec Daniel Garcia, Les Arènes, 2005 (prix du Comité d'Histoire de la radiodiffusion). 10/18 nº 3859.

NOUVELLES MYTHOLOGIES, Le Seuil, 2007. Points-Essais nº 661.

LES MEILLEURS ZEUGMAS DU MASQUE ET LA PLUME, illustrations de Jochen Gerner, Gallimard, 2016. Folio entre guillemets nº 14.

Composition : IGS-CP à L'Isle-d'Espagnac (16).
Achevé d'imprimer par CPI Firmin Didot,
à Mesnil-sur-l'Estrée en décembre 2017.
Dépôt légal : décembre 2017
Numéro d'imprimeur : 144596

ISBN : 978-2-07-013062-7/Imprimé en France.

177246